猛獣姫の不機嫌な花婿

葵木あんね

小学館ルルル文庫

ロザレーナ
17歳。シュザリア帝国
マーツェル王国の第一王女。
シェルピンクの巻き毛、カメリア色の瞳。
ユファエンを乗りこなし、
斧槍《ハルバード》を軽々と扱う「猛獣姫」。
ラディガー
21歳。シュザリア帝国
フィベルデ大公国の公子。
皇帝アルフォンス五世の外孫であり、
帝国皇太子になる。
銀髪、シャドーブルーの瞳。
恋の噂が絶えない、
精悍な美貌の青年。
ルコル
ロザレーナが騎乗する、
純白の毛並みと翼を持つ
獅子ユファエン。
非常に気性が荒く知能が高く、
調教が難しいが、
ひとたび忠誠を誓うと
生涯その人しか乗せなくなる。

猛獣姫の不機嫌な花婿
登場人物紹介
グィード
マーツェル王。
ロザレーナを溺愛する父親。
数々の戦功をあげた武人だが、
人の名前を
覚えるのが苦手。
オクタヴィア
25歳。
セスティアン公爵未亡人。
ロザレーナの叔母。
艶やかな黒髪、
しっとりとしたエメラルド色の
瞳の妖艶な美人。
ハインツ
シュザリア帝国
メディーセ大公国の公子。
金髪、緑の瞳。
ラディガーとは従兄弟同士で、
兄弟のように仲が良かった。
ロザレーナの元婚約者。

目次

イラスト／椎名咲月

猛獣姫の不機嫌な花婿

第1章　猛獣姫《もうじゅうひめ》は月夜に駆《か》ける

白き鬣《たてがみ》、白き毛並み、そして白き翼《つばさ》を有する空飛ぶ獅子《しし》。

鋭敏《えいびん》な黄金の瞳《ひとみ》で地上を見渡し、雷鳴《らいめい》のような咆哮《ほうこう》で魔物《まもの》を恐《おそ》れさせ、疾風《しっぷう》のごとく天を駆ける美しく優雅《ゆうが》な獣《けもの》——天使《ユファエン》と呼ばれる聖なる猛獣に跨《またが》り、ロザレーナはクリスタルのようにきらめく満月を颯爽《さっそう》と横切った。

左手にはユファエンの手綱《たづな》、右手には大ぶりの斧槍《ハルバード》。

大きな刃《は》のついた斧槍は大の男でも二、三度振《ふ》り回せば息切れするほど重量があるが、ロザレーナは片手で持って空中でくるくると回している。

前方を四頭のユファエンが駆けている。それぞれの乗り手は天獅子騎士団《アンレーヴェきしだん》マーツェル部隊に所属する優秀《ゆうしゅう》な騎士たちだ。彼らは斧槍ではなく、大男の腕ほどはある漆黒《しっこく》の縄《なわ》を持っている。地上ではずっしりと重量のあるそれらは、ユファエンが純白の両翼《りょうよく》をはためかせて高速で駆けるために、リボンのようにひらひらと風に舞《ま》っていた。

（どれから先にぶった切ろうかしら。左端《はし》？　右端？　間の二人をまとめて？）

ロザレーナは月明かりの下で踊《おど》る漆黒の縄を目線でなぞった。どれにしようかと迷っていると、四人の騎士は二手に分かれた。右に三頭、左に一頭。

（じゃあ、右にするわ！　こっちが多いから！）

大好物の人参《にんじん》を前にしたときのように、ロザレーナはカメリア色の瞳を光らせた。

一気に加速して右方の騎士たちを追い上げる。高い位置で一つに括《くく》ったシェルピンクの巻き毛が乱れた。軍服風に仕立てた濃紺《のうこん》のドレスの裾《すそ》を翻《ひるがえ》し、なびく漆黒の縄めがけて軽々と斧槍を振るう。風を切る小気味よい音と共に確かな手応《てごた》えが伝わってきた。断ち切られた縄が薄闇《うすやみ》の中に放り出され、夜風に翻弄《ほんろう》されながら落下していく。

ロザレーナはすかさずユファエンの腹を蹴《け》ってさらに加速した。ひらりと駆けあがって並走する騎士たちの上を取る。彼らがおのおのの手に持つ縄に向かって、すくい上げるように片手で斧槍を振り回した。風と縄を断ち切る軽快な音が聞こえる。

これで終わりではない。あと一人残っている。切り飛ばされた縄が落ちていくのを見届けるより先に、左方へ駆けていった残りの一騎へ視線を走らせた。

最後の騎士は蛇行《だこう》しながら地上を目指して高度を落としている。三人の騎士を囮《おとり》にして自分だけ逃げるかのようだ。ロザレーナは手綱を左側へ引っ張った。

「行くわよ、ルコル」

騎乗《きじょう》しているユファエンの首を叩《たた》く。ルコルは返事をするように唸《うな》り声を上げ、急降下し始めた。冷たい風が胸元を飾《かざ》る金モールの肋骨飾《ろっこつかざ》りをなぶる。小粒《こつぶ》のエメラルドを連ねた右耳の耳飾《みみかざ》りがうるさいくらいに揺《ゆ》れている。ルコルは駿足《しゅんそく》だ。その分、気性《きしょう》が荒《あら》く、調教するのは大変だったが、ユファエンの中でも群を抜《ぬ》いて速く走る。

両者の距離はあっという間に縮まった。ロザレーナは追跡《ついせき》から逃《のが》れるため右方へ降下する騎士の左側に迫《せま》る。ちらりとこちらを見た騎士に微笑《ほほえ》みかけ、斧槍を構えた。

「切っちゃうわね？」

降下する速度は落とさず、月光に濡《ぬ》れて跳《と》びはねる黒い縄に狙《ねら》いを定めて斧槍を一振りする。黒い縄は持ち手ぎりぎりではね飛ばされ、闇《やみ》に喰《く》われるように暗がりへ消えた。それを確認したところで、ロザレーナは左足でルコルの腹部を蹴った。高度を上げろとユファエンに伝える合図だ。ルコルはふわりと翼を羽ばたかせて上昇《じょうしょう》する。

「ロザレーナ！　よくやった！」

地上《う》から野太い声が飛んできた。父王グィードだ。広場の中央に立つ父が満面の笑みを浮《う》かべて手を振っている。ロザレーナは笑顔で手を振りかえして旋回《せんかい》し、徐々《じょじょ》に高度を落として地上に降り立った。クマのような巨体《きょたい》を揺らして父王が駆けてくる。

「また腕を上げたな、私のウサギ姫！　お前ほど勇ましい女戦士はいないぞ！」

「ありがとう、お父様」

父王が手を差し出してくれるので、ロザレーナはそれに摑《つか》まった。馬車に乗ってきた貴婦人のように軽やかにルコルから降りる。ただし、右手には斧槍を握《にぎ》っていたが。

「でも、今日の訓練はちょっと物足りなかったわ。皆、あっさり切らせてくれるんだもの。私が王女だからって遠慮《えんりょ》してるなら、手加減はやめてほしいんだけど……」

「手加減なんかしてませんよ！」

叫《さけ》ぶように言ったのは、最後まで残っていた騎士だ。手には黒色の棒を持っている。それは指揮棒くらいの長さで、先のほうに黒い縄が括りつけられている。縄の先がスパッと断ち切られているのは、ロザレーナが斧槍を振るったからだ。

「持ち手のそばで切るほうが評価が高いにしてもあなたはやりすぎです！　危なく手までバッサリ切られるところでしたよ！」

騎士は頭から湯気を出す勢いで怒《おこ》っている。ロザレーナは肩を竦《すく》めた。

「切られなかったんだからいいじゃない」

「よくありませんよ！　私は縄を断ち切られるときの猛烈《もうれつ》な振動《しんどう》で鞍《くら》から吹《ふ》き飛ばされそうになったんです！　まったく、あなたという人は乱暴で粗暴《そぼう》で馬鹿力《ばかぢから》で――」

「あーはいはい。分かったわよ。今度からもう少し余裕《よゆう》を持って切るようにするわ」

彼が小言《こごと》を言いだすと長いので適当なところで打ち切って、ルコルに向き直る。

「今日もキレのいい走りっぷりだったわよ、ルコル。あなたって最高ね。大好き」

つやつやした白い鬣を撫《な》でて首に抱《だ》きついた。ルコルは猫のように喉《のど》を鳴らす。

ユファエンを操《あやつ》りながら、空中でなびく黒い縄をすばやく切る訓練。

天獅子騎士団で行われる訓練としては、比較的《ひかくてき》、単純なものだ。制限時間内に、いかに速く多くの縄を切り落とせるかで騎士の腕前《うでまえ》が決まる。今夜、ロザレーナは五十騎を相手にした。ものの数分で終わってしまったので、正直言って切り足りない。

「私も大好きだぞ、ロザレーナ！」

父王が丸太のような腕でルコルごとロザレーナを抱きしめた。

「可愛《かわい》い可愛い私のウサギ姫、お前のように強く逞《たくま》しく可憐《かれん》な娘を持ってお父様は幸せだ！　五十騎を三分足らずで始末するとはさすが我が娘！　赤《あか》ん坊《ぼう》の頃《ころ》から私の斧槍を玩具《おもちゃ》代わりにしていただけのことはある！」

父王は愛しくて堪《たま》らないと言いたげにぎゅうぎゅう抱擁《ほうよう》してくる。父の愛情表現は熱烈《ねつれつ》すぎてやや暑苦しいのだが、情熱的な褒《ほ》め言葉はくすぐったくも嬉《うれ》しい。

「……おい、嘘《うそ》だろ……赤ん坊のときからアレかよ……」

ユファエンからおりた騎士がボソボソと囁《ささや》いた。隣に立つ騎士は驚愕《きょうがく》の表情だ。

「陛下《へいか》の斧槍って……俺の斧槍の三倍は重いぜ」

「赤ん坊って小さいよな？　手なんかふよふよしてるよな？　斧槍持てねえよな？」

「……普通はな。あの人は猛獣姫だから、ふよふよしてなかったんだと思う」

「見た目はウサギみたいに可愛いのに……外見詐欺《さぎ》だ」

「ウサギと思って近づいたらクマだもんな。娘は父親に似るって本当だよ……」

騎士たちが肩を寄せ合ってこそこそと内緒話《ないしょばなし》をしている。途中に出てきた物騒《ぶっそう》な単語にロザレーナの耳が鋭く反応した。

『猛獣姫《もうじゅうひめ》』

王女でありながら天獅子騎士団に所属し、凶暴《きょうぼう》なユファエンに跨って片手で易々《やすやす》と斧槍を振るうロザレーナを、いつしか騎士たちはそう呼ぶようになった。

「ねえ、あなたたち――」

ロザレーナが駆け寄ると、騎士たちはビクッとして背筋を伸ばした。彼らは皆、ロザレーナより長身で、いかつい体つきをしている。軍服の肩章《けんしょう》が月光にきらめいていていかにも凛々《りり》しい。マーツェル王国の第一王女として彼らを誇《ほこ》りに思う。

「さっきの、もう一回言って」

「……さっきの、とは？」

「あなたたちがつけてくれた私のあだ名よ」

「……も、猛獣姫……？」

一番屈強《くっきょう》そうな騎士がビクビクしながら答える。ロザレーナはぽんと手を叩いた。

「そう、それ！　私、その名前が大好きなの！　これからもどんどん呼んでね！」

ロザレーナがニコニコすると、騎士たちは気まずそうに苦笑いした。

「だめだだめだ！　猛獣姫なんて絶対許さん！　ウサギ姫と呼べ！」

父王がどたどたと大股《おおまた》で近づいてくる。空腹のクマのように騎士たちに吠《ほ》えた。

「ロザレーナはこんなに小さくて愛らしいのにどうして猛獣なんだ！　どこからどう見ても掌《てのひら》にのるくらいのふわふわほわほわした愛くるしいウサギだろうが！」

「……ウサギが片手で斧槍振り回すかよ」

右端に立つ騎士がボソッとつぶやくので、父王は獰猛《どうもう》な視線で彼を黙らせた。

「お前もいけないんだぞ、ロザレーナ。なんで髪を一つに括ってるんだ？　前は二つに括ってたのに……いや、今だって十分可愛いが、二つに括ってたほうがウサギの耳みたいでもっと可憐だ！　あの髪型をしていれば皆がお前をウサギ姫と呼ぶぞ！」

父王は二つ結びが好きなのだ。亡《な》き母フランカ妃《ひ》も肖像画《しょうぞうが》の中でシェルピンクの髪を二つに結んでいる。母親にそっくりなロザレーナにも同じ髪型をさせたいようだ。

「お父様……私、もう十七よ。二つ結びなんて子どもっぽいわ」

「子どもっぽくない！　可愛い！　すごく可愛いぞ、二つ結び！」

カワイイカワイイ、と図体《ずうたい》に似合わない単語を連呼する。「なあ！」と騎士たちに同意を求め、騎士たちは引きつった笑みを浮かべて「可愛いですよね！」と言った。

「ガー君も二つ結びをしてるお前はウサギみたいで好きだって言ってたぞ。未来の夫がそう言ってるんだから、お前はやっぱり髪を二つに括ったほうが……」

「ちょっと待って、お父様！　未来の夫!?　ラディガーが、私の!?」

ロザレーナがカッと目を見開くと、父王は口が滑《すべ》ったというふうにおろおろした。

「えーっと……あー、その……あっ、見てみろ！　今夜の月は人参みたいだなあ！」

「人参みたいな月なんかないわよ!!」

ロザレーナは白々しく月を眺《なが》める父王に詰《つ》め寄った。うろたえる琥珀《こはく》色の瞳を睨《にら》む。

「まさかとは思うけど、私がラディガーの婚約者に選ばれたの!?」

父王は喉元《のどもと》に剣《けん》を突《つ》きつけられたように黙る。数秒後、開き直って豪快《ごうかい》に笑った。

「実はそうだ、我が娘よ！　なんともめでたいことじゃないか！　ガー君は皇太子殿《でん》下《か》だから、お前は皇太子妃だ！　いずれは皇后《こうごう》様だぞ！　しかもガー君とお前は幼《おさな》馴染《なじみ》！　気心の知れた二人は幸せな夫婦になるに違《ちが》いない！」

なあ、と父王は一番屈強な騎士の肩を小突《こづ》く。騎士は「え？」という顔をした。

「え……な、なんで俺に話振《ふ》るんですか……俺、関係ないですけど……」

「ばか者！　何でもいいから同意しろ！」

「……えっ、えーっと、えーっと……ああ！　めでたいなあ！　……なあ！」

屈強な騎士《きし》はぎこちなく微笑み、隣にいる長髪《ちょうはつ》の騎士の肩を小突いた。

「へ？　ま、まあ……そうですねぇ……ラディガー皇太子殿下なら猛獣姫の手綱《たづな》も握れると……じゃなくて、王女様を幸せにできると思いますよ」

「皇太子殿下も憐《あわ》れな方だ……猛獣姫なんか娶《めと》ったら夫婦喧嘩《ふうふげんか》のたびに斧槍が飛んでく……あ、う……羨《うらや》ましいぜ！　王女様みたいな美人と結婚できるなんてさあ！」

「でもまあ、よかったよな。これでようやく俺たちも猛獣姫から解放され……いやぁ、寂《さび》しいですよねえ！　王女様と訓練できなくなるのは！」

今にも牙《きば》をむいて食らいつきそうな父王に睨まれ、騎士たちは必死で同調する。おめでとうございます、お幸せに、などと適当な祝福の言葉が雨のように降ってくる中、ロザレーナはふつふつと怒りを滾《たぎ》らせていた。憤然《ふんぜん》と斧槍を担《かつ》ぎ、踵《きびす》を返す。

「ロザレーナ！　私のウサギ姫！　どこへ行くんだ!?」

慌《あわ》てて追いかけてくる父王を振り切り、ロザレーナはルコルに飛び乗った。

「切り足りないわ!!　誰か相手をして!!」

ルコルの腹を蹴《け》ってすぐに飛び立った。涼しい夜風が一つに括《くく》った巻き毛を苛立《いらだ》たしげになぶり、右耳の耳飾りをちらちらと騒《さわ》がせる。

（冗談じゃないわよ!!　よりにもよってラディガーと結婚なんて!!）

シュザリア帝国《ていこく》の皇太子ラディガー・エル・ネトゥス・クロワ・ユーゼリヒ・フィベルデ。建国以来の名君といわれる皇帝《こうてい》アルフォンス五世の孫で、広大な領地を有する大貴族フィベルデ大公の次子だ。天獅子騎士団の副総長を務める帝国一の騎士であり、宮廷《きゅうてい》中の美女を虜《とりこ》にする女たらしで、すでに庶子《しょし》がいるという噂《うわさ》もある。

多くの乙女《おとめ》たちが彼の花嫁になることを夢見るというのに、ロザレーナはまったくもって嬉しくもありがたくもなかった。それどころか不愉快《ふゆかい》極まりない。

皇太子妃候補には、帝国内のさまざまな名家の娘が選出された。

マーツェル王国の第一王女であるロザレーナもその一人だった。ユファエンを乗り回して斧槍を振り回す王女など、帝国の花嫁には選ばれないだろうとたかをくくっていたのだが、知らないうちに最悪の結果になってしまったらしい。

（あんなやつ、大嫌いよ！　従兄《いとこ》を踏《ふ》み台《だい》にして皇太子になるような男だもの！）

募《つの》りに募った怒りで、大粒《おおつぶ》の真珠《しんじゅ》のように美しい満月さえ憎《にく》らしく見えた。

ロザレーナは右手で斧槍を振り上げる。持ち主の怒気《どき》を宿したように剣呑《けんのん》な光を帯びる刃《やいば》を力任せに振りおろして、満月を真っ二つに叩《たた》き割った。

第2章　不機嫌《ふきげん》な花婿《はなむこ》と喪服《もふく》の婚約者

「……遅すぎる」

シュザリア皇太子ラディガーは椅子《いす》の肘《ひじ》掛《か》けにもたれて唸《うな》るようにつぶやいた。

きっちり整えた癖《くせ》のない銀髪《ぎんぱつ》、サテンの襟《えり》がついた濃紫《のうし》色の夜会服、美しい紋織《もんおり》のクラヴァット、ダイヤモンドのタイピン、艶《つや》やかな黒絹《くろぎぬ》の手袋。非の打ちどころのない完璧《かんぺき》な正装姿だったが、シャドーブルーの瞳《ひとみ》に浮かぶのは炎のような苛立ちだ。

今宵《こよい》は皇太子の婚約を祝して絢爛豪華《けんらんごうか》な舞踏会《ぶとうかい》が開かれている。宮殿《きゅうでん》の大広間では五千を下らぬ金塗《ぬ》りの燭台《しょくだい》に火が灯《とも》され、壁《かべ》一面に張《は》り巡《めぐ》らされた曇《くも》り一つない鏡が無数の光を反射して、優雅《ゆうが》な旋律《せんりつ》で満たされる大広間を燦然《さんぜん》と輝《かがや》かせていた。

鮮《あざ》やかな千花《ミルフルール》模様の床《ゆか》の上を滑るように踊《おど》る帝国中から集《つど》った紳士《しんし》淑女《しゅくじょ》たち。彼らがマズルカのリズムに合わせて身を翻《ひるがえ》すたび、むせ返るような芳香《ほうこう》が舞《ま》い上がる。

祖父であるシュザリア皇帝アルフォンス五世も老婦人たちと手を取り合って踊っている。しきりに笑い声を上げてステップを踏んでいるのが、何とも憎らしい。

本日の主役は、言うまでもなくラディガーだ。そして、その隣を飾《かざ》る未来の皇太子妃、マーツェル王国の第一王女ロザレーナ姫。しかし、シャンデリアの下で楽士たちが演奏を始めても、宝石がちりばめられた皇太子妃の椅子は空っぽのままだった。

「なんて甘美《かんび》な夜だろう！　殿下も踊りませんか？」

舞曲《ぶきょく》がマズルカからパッサカリアに変わる頃《ころ》、側近のヨゼロッソ侯爵《こうしゃく》ギルノーツ・レシユ・ポーチェオが雲の上を歩くような浮《う》わついた足取りで戻《もど》ってきた。

派手な刺繍《ししゅう》がきらきらしいフロックコートを着こなす、気障《きざ》ったらしい青年だ。無駄《むだ》に長いキャラメル色の髪を洒落《しゃれ》たリボンで結び、全身に金銀の宝飾品《ほうしょくひん》をじゃらじゃらつけている。着飾りすぎだと思うのにどこか上品に見えるのが納得《なっとく》いかない。

「そんなところにしかめ面《つら》で座っててもつまらないでしょう？　美人と身体《からだ》を動かすのは楽しいですよ。あっ、今きわどいこと言っちゃいましたね。まあ、間違《まちが》いじゃないですけど。殿下にはちょっと刺激《しげき》的だったかもしれないなぁ」

ギルは思わせぶりに微笑《ほほえ》んで、ラディガーの顔をひょいとのぞきこんだ。

「綺麗《きれい》な女性がこんなにたくさんいるのに、殿下はご機嫌斜《なな》めですねぇ」

「ロザレーナが来ないんだぞ！　ご機嫌なわけがあるか！」

ラディガーは給仕《きゅうじ》からゴブレットをもぎ取って葡萄酒《ぶどうしゅ》をあおった。

舞踏会が始まってもう一時間だ。婚約の耳飾《みみかざ》りも贈《おく》り、大司教や各国の賓客《ひんきゃく》ら立会いの下、大聖堂で誓《ちか》いを立てたのに、ロザレーナは姿を現さない。

「そう焦《あせ》らずに。貴婦人のお支度《したく》は丸一日あっても足りないものなんですよ」

「明日まで待てというのか!? ここにぼけーっと座ったままでか!?」

「ぼけーっとしてなくても、ロザレーナ姫がお見えになるまで、美女たちとお楽しみになればいいじゃないですか。殿下と踊りたい乙女は大勢いるんですから」

「俺はロザレーナとしか踊らない。他の女に興味はないんだ」

きっぱりと言い、ラディガーはさらに葡萄酒をあおった。

ロザレーナと初めて会ったのは十年前。彼女は七歳、ラディガーは十一歳だった。

季節は春の終わり頃だったか。緑の香りのする風がそよそよと木々を揺《ゆ》らしていた。

父フィベルデ大公に連れられ、マーツェル王国へ赴《おもむ》いたときのことだ。

従者たちとはぐれて道に迷ったラディガーが森の中をさまよっていると、いきなり木の上から何かが落ちてきた。いや、飛び降りてきたのだ。斧槍《ハルバード》を担いだ少女が。

「名を名乗りなさい。あと、どうして私の森をうろついてるのか説明して」

少女は小さな身体に不釣《ふっ》り合《あ》いな物騒《ぶっそう》な武器を構えてラディガーを睨んだ。

「自分の名前くらい言えるでしょ。言わなきゃ、ぶった切るわよ」

シェルピンクの巻き毛を頭の高い位置で二つに括り、繊細《せんさい》なレースが幾重《いくえ》にもなった空色のドレスを着ている。カメリア色の瞳があまりに美しくて、つい見惚《みと》れた。

ウサギみたいに可憐《かれん》な少女だと思った。斧槍さえ持っていなければ。

「ここはお前の森なのか?」

「そうよ。お父様が誕生日のお祝いにくださったの」

「へえ、ずいぶん気前のいい父親なんだな。じゃ、俺は急いでるから」

「待ちなさいよ！　人の森にずかずか入ってきておいて無礼だと思わないの!?」

少女はウサギの耳のようなシェルピンクの髪を逆立てる勢いで怒鳴《どな》った。

「はいはい、悪かったな。すぐに出ていくから安心しろ」

ラディガーがひらひらと手を振って通り過ぎようとすると、少女は大ぶりの斧槍を右から左にぶん回した。ラディガーは危うく脚《あし》を叩き斬《き》られるところだった。とっさに避《よ》けられたのは、騎士見習いとして日々、武芸の鍛錬《たんれん》に励《はげ》んでいるからだ。

(上等な服を着てるな。髪も手入れしてる。どこかの領主の娘か?)

そんなはずはない。この辺りの土地はマーツェル国王グィードのものだ。

(まさか……こいつがあの……)

噂は聞いたことがある。グィード王が溺愛《できあい》している一人娘《ひとりむすめ》は、大の男でも振り回すのに苦労する巨大《きょだい》な斧槍を軽々と操《あやつ》る怪力娘《かいりきむすめ》だと。そうと分かれば仕方ない。王女なら、たとえ子どもでも貴婦人には違《ちが》いないのだ。紳士《しんし》として礼儀《れいぎ》を尽《つ》くさねば。ラディガーは上着の裾《すそ》を払《はら》って、少女の足元に跪《ひざまず》いた。

「あなたはマーツェル王の長女ロザレーナ姫ですね？」

「な、なんで私の名前……」

「初めまして。俺はフィベルデ大公国の第二公子ラディガー・エル・ネトゥス・クロワ・フィベルデと申します。父に従い、マーツェル王にご挨拶《あいさつ》するため貴国にまいりました。途中で従者たちとはぐれてしまい、彼らのもとに戻ろうと道を探しているうちに姫の森に迷《まよ》いこんでしまったようです。どうか非礼をお許しください」

台本を読むようにすらすらと言って、ロザレーナの左手に口づけする。

単なる挨拶だ。深い意味はない。ロザレーナが返事をするのを待っていたが、彼女は何も言わない。不審《ふしん》に思って見上げると、ロザレーナは顔を真《ま》っ赤《か》にしていた。

「……きっ、きゃぁあ――――っ!!」

ロザレーナは空を貫《つらぬ》くような悲鳴を上げた。同時に、斧槍の柄《つか》でラディガーを思いきり薙《な》ぎ払う。完全なる不意打ちだった。

ラディガーは横からの衝撃《しょうげき》をまともに受けて近くの茂《しげ》みに頭から突《つ》っこんだ。

「……っ、なっ、何するんだっ!!」

葉っぱまみれになった頭を上げて、ラディガーは怒《いか》りのままに吠《ほ》えた。

ロザレーナはラディガーが口づけした左手を見て大きな目を白黒させている。

「キ、キ、キスしたわね!? あなた……私に、私の手に、キス、した……!!」

「ただの挨拶だろ!! 文句あるのか!?」

「あるわよ!! 手にキ、キ、キスするなんていやらしいわ!! こっ、このケダモノ!!」

「なんで挨拶したくらいでケダモノ呼ばわりされなきゃ……おい……待て、やめろ!!」

ロザレーナはラディガーめがけて力いっぱい斧槍を振り回した。

「お父様が言ってたのよ!! 変質者が近づいてきたらぶった切れって!!」

「誰が変質者だ!! 俺はフィベルデ大公家の……やめろって言ってるだろ!!」

「覚悟《かくご》なさい!! 二度といやらしいことできないように変質者は駆除《くじょ》してやるわ!!」

ロザレーナは鼻息荒《あら》く宣言して容赦《ようしゃ》なく斧槍を振るう。ラディガーは剣《けん》を抜《ぬ》いて応戦したが、少女が相手なのだからと手加減している余裕《よゆう》はなかった。気を抜けばこちらが真っ二つにされる。必死に防御《ぼうぎょ》していると、騒ぎを聞きつけたマーツェル国王グイードがやってきた。グィード王はロザレーナをなだめて苦笑《くしょう》した。

「我が国には、貴婦人の手にキスする挨拶がないんだ。この子は帝国風の作法《さほう》に慣れ

ていないから勘違《かんちが》いしたんだろう。すまないな。えーっと……誰だっけ？」

小首をかしげるグィード王に、ラディガーは肩で息をしながら名乗った。

「ああ、フィベルデ大公のご子息か。よし、覚えたぞ。ガー君だな」

グィード王は愛娘《まなむすめ》以外の名前を覚えるのが苦手だ。息子たちの名前すらときどき間違えるので、覚えやすいように短縮して呼ぶらしい。ラディガーは勝手に「ガー君」と命名されてしまったが、疲れ切っていたため、特に抗議《こうぎ》しなかった。

「ごめんなさい。私、ああいう挨拶されるの初めてだったからびっくりしたの」

意外にも、ロザレーナは素直《すなお》に謝った。しゅんとうなだれていると、ウサギの耳みたいなシェルピンクの髪も元気がないように見える。ラディガーは紳士らしく寛容《かんよう》さを示すため、「こちらこそ、許可なく森に入って悪かった」と謝罪した。

グィード王に連れられて城に向かい、父や従者たちと合流してその夜は宴《うたげ》になった。

「ラディガー大公子！　昼間のお詫《わ》びにこれをあげるわ！」

ロザレーナは大きな器《うつわ》を差し出した。それにはオレンジ色の物体が入っていた。

「私が作ったの。とびきりおいしい人参《にんじん》でね。お口に合えばいいんだけど」

「ロザレーナ！　私のウサギ姫！　お父様にも人参ゼリーをおくれ！」

食卓《しょくたく》の中央に座すグィード王がスプーンでテーブルを叩《たた》いて催促《さいそく》した。ロザレーナは父王のもとに駆《か》けていって、小さな器をテーブルに置いた。

「ん？　なんだか……お父様のはガー君のよりちっちゃい気がするなぁ……」

「今日はお客様が優先よ。お父様にはまた今度たくさん作ってあげるわ」

「約束だぞ、私の可愛《かわい》いウサギ姫。お父様はお前の人参料理が大好きなんだ」

グィード王は愛娘を抱《だ》きしめた。ロザレーナは瞳《ひとみ》をきらきらさせてこちらを見る。

「さあ、ラディガー大公子！　たんと召《め》し上がれ！」

ラディガーは自分の前に置かれた巨大な器を見下ろした。オレンジ色のぷるぷるした半透明《はんとうめい》のものが無造作《むぞうさ》にどかっと盛られている。最悪なことに山盛りだ。

（……やっぱり俺を殺す気だな……！）

悪魔《あくま》のようにまずい世界で一番嫌《きら》いな野菜――人参。どこの晩餐会《ばんさんかい》でもさりげなく避《よ》けて食べないことにしている。が、このときばかりは逃げられなかった。

（くそっ、死ぬ気で頑張《がんば》るしかない！　食べなければ外交問題だ！）

隣席《りんせき》の父と兄に見張られ、向かい側の席からはグィード王とロザレーナの視線を浴びつつ、ラディガーは山盛りの人参ゼリーを決死の覚悟で食べきった。

おかげで数日間、人参の悪夢にうなされて睡眠不足に陥《おちい》るはめになったが、そんなことは些末事《さまつじ》だ。もっとまずいのは、「あなたも人参が好きなのね。私も大好きなの」とロザレーナが大いなる勘違いをしたことだった。以来、ラディガーと喧嘩して仲直りする際、彼女は決まって人参料理を持ってくるようになってしまった。以来、ラディガーと喧嘩《けんか》して

(あの人参ゼリーに惚《ほ》れ薬《ぐすり》でも入っていたのか……?)

違うだろう。ロザレーナとは会うたびに喧嘩した。大人げないと思いながらも、ロザレーナが斧槍を振《ふ》るうときは斧槍で応戦したものだ。

「あなたっていやらしいわよ、ラディガー!」

舞踏会《ぶとうかい》でダンスをすると、ロザレーナは決まって顔を真っ赤にしてそう言った。

「いやらしい!? 俺のどこがいやらしいっていうんだ!」

「顔がよ!! ううん、顔だけじゃないわ!! 上から下まで全部いやらしいの!!」

変な恰好《かっこう》をしていたわけではない。夜会にふさわしい服装をしていたし、紳士として淑女《しゅくじょ》——ロザレーナをそう呼ぶのは気乗りしないが——をエスコートしていたつもりだ。行儀《ぎょうぎ》作法は完璧《かんぺき》に身に着けていたし、下品なふるまいなんてしてない。

「俺はいやらしいことなんかしてないぞ!」

「したわよ! さっき、私に触《さわ》ったじゃない!」

「お前が転びそうになるから支えてやっただけだ!」

ロザレーナはダンスが下手《へた》だ。相手の足やドレスの裾を踏《ふ》んづけてしょっちゅう転

ぶ。ラディガーもさんざん足を踏まれた。「下手くそ！」と文句を言ってやりたいのを堪《こら》えて付き合ってやってるのに、いやらしいと罵《ののし》られるのは不愉快《ふゆかい》だ。

「支えてほしいなんて頼んでないわよ、バカ！」

「だったら一人で転んでろ、バカ！」

「何よっ、バカはそっちでしょ！」

「俺はバカじゃないぞ、バカ！　お前がバカだ、バカ！」

「バカバカバカバカうるさいわね！　バカしか言えないあなたがバカよ！」

ロザレーナより四つも年上なのだから、年長者の余裕というやつを見せつけてやらねばならないのに、彼女と口論《こうろん》になるとラディガーは「バカ」になってしまう。

振り返ってみれば喧嘩の思い出ばかりだ。父がグィード王と親しかったから、ロザレーナとはたびたび顔を合わせたが、いけ好かない暴力女と認識《にんしき》していただけだった。

彼女はラディガーに対して遠慮《えんりょ》なく暴言を吐《は》いたし、いちいち突っかかってきて斧槍を振り回した。全然可愛くなんかない。いや——なかった。

（ハインツの前では猫被ってたくせに）

メディーセ大公国の第一子ハインツも、父親がグィード王と友人なので、ロザレーナとよく会っていた。ハインツとラディガーは母親がアルフォンス五世の皇女だから従兄弟《いとこ》同士だ。ハインツとは三つか四つからの付き合いで、気の置けない友人でもあった。兄弟のように育った仲だが、ロザレーナとの関係はまったく違っていた。

ロザレーナがハインツと初めて顔を合わせたのは、ラディガーと出会ってから間もない頃《ころ》のことだ。ラディガーとロザレーナが森で競争していたとき、父メディーセ大公に連れられたハインツが挨拶しに来たのだ。ロザレーナはハインツと顔を合わせるなり、頰《ほお》を赤らめてぼうっとした。彼女によれば一目で恋に落ちたそうだ。

「ハインツ様って、どうしてあんなに素敵《すてき》なのかしら……」

ロザレーナはハインツがその場にいるときもいないときも、口癖《くちぐせ》のようにそう言った。彼の前では別人のようにしおらしくして、「斧槍なんて持てないわ。だって、重たいんだもの」などと大嘘をついていた。ハインツが来る日はやけにめかしこんでいたし、いつもは大男並みに食べるくせに、彼がいる食卓では急に少食になった。

「ねえ……ハインツ様に聞いてきて。私のこと、どう思ってるか」

ある夜会でロザレーナに耳打ちされ、ラディガーはむっとした。ロザレーナは十歳になっていたが、相変わらずハインツを見るたびに頰をピンク色に染めていた。

「なんで俺に頼むんだよ。自分で聞けばいいだろ」

「いやよ。はしたないわ。淑女は殿方《とのがた》にそんな質問しないのよ」

「淑女？　もしかして自分のことをそう言ってるのか？　ハッ、鏡見ろよ」

「どういう意味よ!?」

「暴力女が淑女を名乗るな、世界中の淑女に謝れって言ったんだよ」

「私のどこが暴力女なのよ!?」

ロザレーナはラディガーの胸倉《むなぐら》をつかんで詰《つ》め寄った。ラディガーは目をむいた。

「ほら見ろ!!　お前はすぐに手を出すから猛獣姫《もうじゅうひめ》なんて呼ばれるんだぞ!!」

「別に猛獣姫でもいいわよ!!　好きな人の前でだけウサギ姫になるの!!」

「ウサギぶったって猛獣は猛獣だ!!　ハインツだってそのうち気づくさ!!」

むしゃくしゃしていた。ロザレーナがハインツばかり見るからだ。なぜだか分からないが、それが気に入らなかった。ロザレーナはハインツハインツと彼への好意を隠《かく》しもしない。彼女にとってはハインツだけが特別なのだ。

「どうしてむきになるんだい？　ロザレーナは可愛いじゃないか。妹みたいで」

ロザレーナと大喧嘩《おおげんか》するたびに、ラディガーはハインツにたしなめられた。

「ぎゃあぎゃあうるさくて凶暴《きょうぼう》でこれっぽっちも可愛くない妹なんかごめんだ！」

ラディガーはロザレーナを妹のように思ったことなどない。かといって、本心から嫌《きら》っていたわけでもない。むしろ、ある種の好意を抱《いだ》いていた。好敵手として。

ロザレーナは上手《じょうず》に斧槍を扱《あつか》ったし、ユファエンの乗り方もうまかった。彼女と競争するのは張り合いがあった。勝てば嬉《うれ》しかったし、負ければ悔《くや》しかった。

ロザレーナに斧槍で勝つために鍛錬《たんれん》に打ちこんだようなものだ。苦労の末、とうとう彼女を打ち負かしたときには、輝《かがや》かしい戦功をあげたかのように得意になった。

稚拙《ちせつ》な対抗心《たいこうしん》がいったいいつ恋情《れんじょう》にすり替《か》わったのか、思い出せない。

（今日こそ言うぞ。す……好きだって）

皇太子になった今、ラディガーは二十一だ。紳士《しんし》のたしなみとして、歯の浮《う》くようなお世辞《せじ》で貴婦人たちを赤面させることだってできる。……はずだ。

会うたびに彼女を可愛らしいと思っていることや、会えないときもロザレーナを想《おも》っていることを、甘《あま》ったるい言葉で伝えるつもりでこの舞踏会に臨《のぞ》んだ。

けれども、肝心《かんじん》のロザレーナが大広間に現れない。

（……無理もないな。俺があんなことを言ったから）

三年前の苦い出来事《できごと》がふっと胸を過《よぎ》り、ラディガーは視線を落とした。あのときは仕方なかったのだ。彼女を傷つけないためにはそうするしかなかった。

ハインツの死からまだ三年しか経《た》っていない。誤解を解くには早すぎる。

できれば彼女の気持ちが落ち着くまでしばらく待ってから婚約に持ちこみたかった

が、皇太子という立場がそれを許さない。皇帝《こうてい》が老齢《ろうれい》であることを理由に廷臣《ていしん》たちはラディガーの結婚を急いでまとめようとした。

星の数ほどいた花嫁候補の中から猛獣姫を選んだのは、皇太子の結婚にかかわるさまざまな事情からマーツェル王国との縁組《えんぐみ》が最善だと判断したためだが、彼女へのひたむきな想いも影響《えいきょう》している。ラディガーはどうしてもロザレーナを妻にしたかった。他の男に奪《うば》われるくらいなら、たとえ嫌われたままでも――。

ロザレーナは本当にハインツを慕《した》っていたから、すぐにはラディガーを受け入れてくれないだろうが、少しずつでいい。半歩ずつでいいから互《たが》いの距離を縮めたい。

今日はそのための初めの一夜だ。今夜の目標は、ロザレーナに恋心を伝えること。

色よい返事がもらえないことは分かっている。とにかく、今まで言えなかった彼女を好きだという気持ちを打ち明けることが大きな第一歩となる。

「それにしても遅いな……」

婚約式でも終始、むすっとしていたが、まさか舞踏会をすっぽかすつもりなのだろうか。猛獣姫と呼ばれていても、王族の義務くらいは果たすはずだが……。

「ガー君！」

いやな予感がして立ち上がろうとした瞬間、グィード王が人波を荒《あら》っぽくかき分けながらやってきた。華《はな》やかなフロックコートを着ていてもクマのような厳《いか》つさは隠せていない。琥珀《こはく》色の瞳には焦《あせ》りが見て取れた。

「ロザレーナが逃《に》げ出したんですか!?」

ラディガーは立ち上がってグィード王に詰め寄った。グィード王は首を横に振る。

「いや、違《ちが》うんだ。ちゃんと来る。ちょ、ちょっと支度《したく》に時間がかかってて な……」

「ほらね。私の言った通りでしょう」

ギルは芝居《しばい》がかった仕草《しぐさ》でゴブレットを傾《かたむ》けて蕩《とろ》けるように笑った。

「ロザレーナ姫はいつもより念入りにお支度なさっているんですよ」

「いつもより念入り!? なぜだ!? 普段通りでいいから早く来て欲しい!!」

「やだなぁ、殿下《でんか》。女心というものが全然お分かりでない。最高に美しいお姿で殿下にお目にかかるために決まってるじゃないですか」

「……最高に美しい姿で……俺に会うため?」

「女性が支度に時間をかけるのは我々男のためですよ。殿下に綺麗《きれい》な自分を見せるために遅刻《ちこく》までして着飾っていらっしゃるんです。そうですよねえ、グィード王?」

「あ、ああ……そうだぞ! ロザレーナはガー君のせいで遅刻してるんだ!」

グィード王はわざとらしい笑い声を上げてギルに賛同する。

「そうか。俺のために遅刻しているのか。じゃあ……しょうがないな」

ラディガーはくるりと踵《きびす》を返して椅子《いす》に腰をおろした。婚約に際して、ロザレーナには何十着ものドレスを贈《おく》った。今宵《こよい》の衣装はその中から選ぶはずだ。

どれにしようかと迷っているのかもしれない。鏡の前でドレスをとっかえひっかえしているロザレーナを思い浮かべ、ラディガーは口元が緩《ゆる》むのを堪えきれなくなる。

「マーツェル王国第一王女、ロザレーナ姫！」

大広間のドアの前に立つ侍従長《じじゅうちょう》が朗々とした声で宣言した。舞曲《ぶきょく》が止まり、軽快なステップを踏んでいた紳士淑女《しんししゅくじょ》たちがいっせいに大広間の左右によける。

「いよいよ姫のお出ましのようですね」

ギルは空のゴブレットを給仕《きゅうじ》に返して、ラディガーに耳打ちした。

「お世辞の雨で姫を喜ばせて差し上げなさい。女性を褒《ほ》め称《たた》えるのが男の務めですよ」

「ロザレーナにお世辞なんかいらない。ロザレーナが可愛《かわい》いのは本当のことだ。綺麗なのも事実だし、何を着ても似合うし、どんな髪型でも可憐《かれん》で……」

「まあ、何でもいいですから、喧嘩だけはなさらないように」

分かってる、とラディガーは乱暴に言い捨てた。そうだ、喧嘩はしたくない。

（ずっと好きだったんだ、ロザレーナ。今まで言えなかったが、心から愛している。ハインツの代わりにお前を幸せにすると誓《ちか》う。だから俺の……）

何日も寝ないで考えた台詞《せりふ》を頭の中で復唱した。声に出してもいないのにだんだん恥《は》ずかしくなってきて、ラディガーは眉間《みけん》にしわを寄せた。

大広間のドアがゆっくりと開かれる。未来の皇太子妃《こうたいしひ》を一秒でも早くとらえようと、貴人たちは身を乗り出すようにして目を凝《こ》らした。

「……ロザレーナ」

待ち焦《こ》がれた乙女《おとめ》の姿を瞳《ひとみ》に映すなり、ラディガーは婚約者の名をつぶやいた。

シャンデリアの下に現れた皇太子の花嫁は、激情的なカメリア色の瞳で未来の夫を睨《にら》みつけた。貴人たちが驚いてざわざわと騒《さわ》ぐ。

華奢《きやしや》な身体《からだ》を包むドレスは闇《やみ》で染め上げたかのような漆黒《しつこく》だった。

「あれは……殿下がお贈りになったドレスではないようですね」

ギルが気の毒そうにラディガーに視線を投げた。ラディガーはまっすぐにロザレーナを見つめた。目が離せないのだ。喪服《もふく》姿の婚約者に見惚《みと》れてしまって。

（見てなさい。私だって貴婦人らしく淑《しと》やかに歩けるんだから）

ロザレーナはすまし顔で大広間を歩く。視線の先にいるのは壇上《だんじょう》に座すラディガーだ。

シャンティーレースを重ねた黒ビロードのドレス。ハインツの葬儀《そうぎ》で着た喪服を体形に合わせて仕立て直した。婚約披露《ひろう》の舞踏会《ぶとうかい》にふさわしくないことは百も承知だ。

帝国《ていこく》中の非難を浴びるつもりで場違いな恰好《かっこう》をしてきたのには理由がある。ラディガーにはっきりと示すためだ。彼が亡《な》き婚約者ハインツ大公子を裏切ったことを、ロザレーナはいまだ許していないのだと。

ハインツが亡くなったのは三年前。天獅子騎士団《アンレーヴェきしだん》が撲滅《ぼくめつ》を目指しているヴァイネスという魔物《まもの》との戦闘《せんとう》で命を落としてしまった。訃報《ふほう》を聞いた瞬間、当時十四だったロザレーナは頭が真っ白になった。嘘《うそ》だと思った。ハインツが死んだなんて。

ハインツとは十二歳のときに婚約《こんやく》した。国同士が決めた政略結婚だったが、ハインツのことが大好きだったから、ロザレーナは飛び上がって喜んだ。

木漏《こも》れ日《び》のように明るい金髪《きんぱつ》に、草原を映したような穏《おだ》やかな瞳。温厚な人柄《ひとがら》で言《こと》葉遣《ばづか》いは優しく、立《た》ち居振《いふ》る舞《ま》いは気品にあふれ、爽《さわ》やかな笑顔が印象的だった。

「話に聞いていた通りだ。ウサギみたいに可愛いお姫様だね」

初めて会った日。ドレスをたくし上げてラディガーと競争していたロザレーナに、ハインツは微笑《ほほえ》みかけた。春風を思わせる笑顔は魅力《みりょく》的で思わず見惚れた。

（……絵本の中の王子様みたい……）

七歳のロザレーナには、五つ年上のハインツが大人の男性のように見えた。

それから体調がおかしくなった。ハインツと目が合うと風邪《かぜ》を引いたみたいに顔が火照《ほて》ったし、彼に話しかけられると心臓が暴れて言いたいことの半分も言えなかった。ハインツに会えない日はなぜか胸の中がもやもやした。一日中、何もする気が起きなくてぼーっとしていた。大好物の人参《にんじん》も食べずに溜息《ためいき》ばかりついていた。

「人参料理を食べないだと!?　大変だ!!　ロザレーナが病気になった!!」

父王は大騒《おおさわ》ぎして国中の名医に治療《ちりょう》させたが、症状《しょうじょう》は悪化するばかり。

ある冬の日、中庭を散歩していたロザレーナは薄氷《はくひょう》の張った池に落ちた。池の向こうにハインツがいたような気がして、彼のほうへ行こうとしたのだ。

「動悸《どうき》や発熱に加えて幻覚《げんかく》まで……。まことに残念ですが……手遅《ておく》れのようです」

宮廷医《きゅうていい》が青い顔でうつむくので、父王はロザレーナの枕元《まくらもと》でおいおい泣いた。悲しみに包まれた王宮に客人が現れた。亡母の妹、ワーリヤ公国の公女《こうじょ》オクタヴィアだ。

生まれてすぐに母が亡くなったから、ロザレーナは肖像画《しょうぞうが》の母しか知らない。父王はあり余るほどの愛情を注いでくれたが、ときどき肖像画の中の母に触《ふ》れてみたいと思うことがあった。そんなとき温かく抱擁《ほうよう》してくれたのが叔母《おば》のオクタヴィアだ。

オクタヴィアは兄たちしかいないロザレーナにとって姉のような存在で、母代わりでもあった。ロザレーナはこの頃《ころ》、十五歳だった叔母に辛《つら》い胸の内を打ち明けた。

「それは恋煩《こいわずら》いよ、ロザレーナ」

オクタヴィアは笑って、ベッドに横たわる幼い姪《めい》の髪を撫《な》でた。

「あなたはハインツのことが好きなの」

「ええ、好きよ。だってハインツ様は優しくて素敵《すてき》だもの。ラディガーより」

「そうじゃなくて、あなたは男の子としてハインツが好きなのよ」

女性が男性を異性として好きになるのはごく自然なことなのだと話してくれた。

「私、ハインツ様に恋《こい》してるのね！」

ロザレーナは布団《ふとん》をはねのけてベッドから飛び起きた。

胸に芽生えたハインツへの感情が恋だと知り、心がポルカを踊《おど》り始めた。恋。なんて甘い響《ひび》きだろう。まるで人参クリームをたっぷり添《そ》えた人参パイのようだ。

彼に会うとき、ロザレーナは目いっぱいお洒落《しゃれ》した。ぶかぶかの指輪をつけ、重くて長い首飾りをつけた。口紅を塗《ぬ》りすぎてしまった際、ラディガーはロザレーナを指差して「生肉でも食ってきたのか」と大笑いしたが、ハインツは笑わなかった。

「今のままでも可愛いけど、こうすればもっと君に似合うよ」

ハインツはロザレーナの唇にハンカチをそっと押し当てて口紅を薄くした。彼が間近で「綺麗だね」と囁《ささや》いて微笑むから、ロザレーナは口紅に負けないくらい赤くなっていた。ハンカチが彼の唇だったらいいのにと思ったことは父王にも内緒《ないしょ》だ。

婚約してから、嬉《うれ》しさのあまり眠れない日々が続いた。会う人会う人に婚約者の自《じ》慢《まん》をした。ハインツのために純白のドレスを着る日を何よりも楽しみにしていたし、花婿《はなむこ》の衣装を身にまとって隣に立つ彼を想像すると甘い溜息がもれた。

それなのに、ハインツは死んでしまった。雷鳴《らいめい》が轟《とどろ》く夜だった。雨粒《あまつぶ》が窓を叩《たた》き、暴風が木々を喰《く》らおうとしていた。ロザレーナは父王から婚約者の訃報を聞いた。

呆然《ぼうぜん》とした後で、父王にすがりついて泣き叫《さけ》んだ。もともと苦手だった雷がもっと嫌《きら》いになった。嵐《あらし》は不幸を運んでくる。今でも稲光《いなびかり》が空を引き裂《さ》くときは怖《こわ》くて泣いてしまう。恐《おそ》ろしくて震《ふる》えが止まらなくなる。また大切なものを奪われそうで。

ハインツの身に起こった災厄《さいやく》だけでもロザレーナを打ちのめすには十分すぎたというのに、追い打ちをかけるようになおひどいことが起きた。

宮廷人たちがそこかしこで囁く不穏《ふおん》な噂《うわさ》を耳にしたのだ。

「ラディガー大公子は、ハインツ大公子を助けられたにもかかわらず、見殺しにした。

なぜそんなことをしたのかって？　決まってるだろう、皇太子になるためさ」

皇帝《こうてい》アルフォンス五世の唯一《ゆいいつ》の男子だった前皇太子が子を持たないまま薨御《こうぎょ》したため、シュザリア帝国は新たな後継者《こうけいしゃ》を求めた。候補に挙がったのは、アルフォンス五世の外孫たちだ。その中にラディガーとハインツの名前もあった。二人は極めて有力な候補で、人々は二人のうちのどちらかが皇太子になるだろうと囁き合った。

ハインツが命を落とした戦いには、ラディガーもフィベルデ部隊を率いて参加していた。ハインツが危機に陥《おちい》ったとき、ラディガーは即座《そくざ》に助太刀《すけだち》しなかった。

表向きの理由は、「ヴァイネス専用の特別な武器が不足していたため」ということだったが、方々《ほうぼう》から聞こえてくる話ではそれもラディガーの計略のうちだという。ラディガーは武器が到着してから戦闘を再開し、ヴァイネスを殺してハインツを救出した。ハインツの部隊が行方《ゆくえ》不明になってから三日後のことだった。結果、ヴァイネスの毒に全身を蝕《むしば》まれていたハインツは、夜明けと共に息を引き取った。

噂を鵜呑《うの》みにしたわけではないけれど、ロザレーナの心は不安定に揺《ゆ》れていた。真相を確かめるべく、ハインツの葬儀の後でラディガーの部屋を訪ねた。

「武器が足りなかったから、すぐに助けにいけなかった。それだけだ」

ラディガーははっきりとした口調《くちょう》で答えたが、ロザレーナの不安は消えなかった。

「でも、あなたの腕前《うでまえ》ならヴァイネスに止《とど》めを刺《さ》すこともできたはずよ」

黒い沼《ヴァイネス》はその名の通り、初めはウサギ一羽《わ》ほどの小さな沼《ぬま》だ。

突如《とつじょ》として森や林に出現し、人間の腕の形をした真っ黒な影《かげ》を伸ばして周囲の草木や小動物を捕《と》らえ、口の中に放りこむようにして黒い水面に引きずりこむ。捕食《ほしょく》を終えるごとに成長し、徐々《じょじょ》に大きくなって、人間を食べるようになる。

黒い水面に引きずりこまれた人間はただちに引き上げれば助かるが、三日が限度と言われている。ヴァイネスの身体には強い毒性があるため、体内に取りこまれたまま三日以上の時間が経《た》つと、生存の見込みはほとんどない。

規模が大きくなればなるほど、凶暴《きょうぼう》さが増す。襲《おそ》い掛《か》かってくる黒い腕――これは〈影の手〉と呼ばれる――の数が増え、戦闘の際、天獅子騎士団の騎士たちはユファエンで飛行しながら影の手を斧槍で切り落とし、ヴァイネスの力を削《そ》いでいく。

しかし、それだけでヴァイネスを消滅《しょうめつ》させることはできない。黒い水面の中心で光る赤い点――ヴァイネスの心臓を射貫《いぬ》いて初めて、この化け物は息絶えるのだ。

当然、天獅子騎士団では射手の存在が重要になってくる。

ラディガーもハインツも優秀《ゆうしゅう》な射手だった。特にラディガーは帝国一の射手と呼ばれた亡き兄大公子をもしのぐ技量の持ち主で、ロザレーナは武芸大会で彼が的を射るのを見るたびに憎《にく》たらしいくらいに感激したものだ。

だから、すんなり理解できなかった。ラディガーならハインツを助けることができたのではないかという気がした。たとえ武器が少なくても、射手の実力が確かなら、精鋭《せいえい》の騎士に援護《えんご》させながらヴァイネスの心臓を狙《ねら》うことは不可能ではない。

「それができないほど武器が不足していたんだ」

ラディガーは冷淡《れいたん》なほどあっけなく言った。ロザレーナは彼に詰《つ》め寄った。

「どうして？　まさか矢が一本もなかったっていうの？」

ラディガー率いるフィベルデ部隊は、別の場所でもう一体のヴァイネスを始末した後で、戦闘中のメディーセ部隊と合流した。その際に矢や斧槍が一本も残っていなかったなんて、あり得るのだろうか。

「騎士たちは疲れ切っていたし、ユファエンを休ませる必要もあった。その上、矢が残っていなかった。武器もないのにヴァイネスに近づくのは危険すぎる。仕方なく、ハインツの救出を諦《あきら》めて武器が届くのを待つことにした」

「だったらなんで現場に来たのよ!?　矢の一本も持たない部隊なんて、何の役にも立たないじゃない!!」

「連絡が行き違《ちが》っていたからだ。俺たちはハインツたちが無事にヴァイネスを片付けたものと思って、メディーセ部隊と合流した。まさかやつらがほぼ壊滅《かいめつ》状態だなんて想像もしていなかった」

ユファエンを使えば、最も近い補給地から約二日で必要な物資が運ばれてくる。だが、不運に不運が重なった。この日は嵐で、武器の到着が遅れた。

「宮廷の人たちは、あなたがわざとハインツ様を助けなかったって噂してるわ」

「そういう話なら聞いている」

「嘘よね？　皇太子になるためにハインツ様を見殺しにしたなんて……」

泣きそうな顔をしていたと思う。胸が張《は》り裂けそうに痛かった。

ハインツとラディガーは親友だった。二人は同じ日に生まれた兄弟のように心を通じ合わせていて、細かいことを話さなくても相手の気持ちが分かるようだった。戦闘でも武芸大会でも互《たが》いの長所を伸ばし、短所を補いながら活躍《かつやく》していた。

ロザレーナはそんな二人が大好きだった。

ときどき、厚い信頼《しんらい》を分かち合う二人の間に入りこめなくて歯がゆい思いをしたけれど、彼らにはいつまでもそういう関係でいてほしいと心から願っていた。

ところが、彼らの関係に少しずつひびが入り始めた。いつしか、二人は顔を合わせてもどこかよそよそしくなり、何度か大声で口論《こうろん》しているところに出くわした。最後にハインツを見送ったときもそうだった。

出陣《しゅつじん》の前日。宮殿《きゅうでん》の一室で、ラディガーはハインツを罵倒《ばとう》していた。

「ふざけるな!! 絶対にお前には手柄《てがら》を譲《ゆず》らないぞ!!」

ラディガーはかねてから怒《おこ》りっぽい性格だったが、ここまで苛烈《かれつ》な目つきでハインツを睨《にら》んでいたことはない。あまりの剣幕《けんまく》に気《け》おされて、ロザレーナはなかなか二人に近づけなかった。部屋に飛びこんだのはラディガーがハインツを殴《なぐ》ったからだ。

「乱暴しないで、ラディガー!!」

倒れこんだハインツに駆《か》け寄り、ロザレーナはラディガーを見上げた。

「こいつをかばうな!! お前は知らないんだ!! こいつはお前を――」

喉《のど》の奥に何かが詰まったように黙り、ラディガーは部屋を出ていった。

思い返せば、結末を予期させるような不吉《ふきつ》な出立《しゅったつ》だった。二人の絆《きずな》が壊《こわ》れてきていることを知っていたから、宮廷人たちの陰口《かげぐち》が真実味を帯びて聞こえた。

「ねえ、答えて……ラディガー。嘘《うそ》なのよね？ わざと見捨てたなんて……」

ロザレーナは何も言わないラディガーの腕を摑《つか》んで揺さぶった。

「嘘じゃない」

ラディガーはロザレーナの手を振《ふ》り払《はら》った。暖炉《だんろ》の炎が彼の顔に影を落としていた。

「あいつがいなくなってくれてよかったよ」

「……なに、言ってるの……？」

視界が歪《ゆが》んだ。陰影《いんえい》を帯びたラディガーの表情がよく見えない。

「俺はあいつが嫌いだった。ハインツさえいなければ、皇太子に選ばれるのは俺だからな。これで、やっと夢が叶《かな》う」

耳を疑った。何を言われているのか意味を理解するのに時間がかかる。

「……あなたの夢って、皇太子になることだったの……？」

いつだったか、二人で話したことを思い出す。ロザレーナはハインツの花嫁になることが夢だと言い、ラディガーは立派な騎士になって活躍するのが夢だと言った。

幼き日の純粋《じゅんすい》な語らいに嘘はなかったはずだ。それなのに、なぜ……？

「皇帝の孫に生まれて、首尾《しゅび》よく皇太子の席が空いたんだ。誰だって帝冠《ていかん》を欲しがるだろ。俺だってそうさ。それが非難されるようなことか？」

「……でも……ハインツ様は、あなたの親友だったじゃない」

「あいつを親友だなんて思ったことは一度もない。皇族なら皆そうだ。誰もが皇位を狙ってる。友人なんかいるはずがない。他人を蹴落《けお》としてでも、帝冠を――」

パン、と乾《かわ》いた音が響いた。ロザレーナは涙《なみだ》をためた目でラディガーを睨んだ。彼の頬《ほお》を叩いた右手がじんじん痛んだ。焼けるように喉が熱くて言葉が震える。

「ハインツ様のことが嫌いだったって言ったわね」

激情が渦巻《うずま》いて眩暈《めまい》がした。怒《いか》りなのか悲しみなのか区別がつかない。

「私はあなたが嫌いよ、ラディガー!!　大っ嫌い!!」

何も答えないラディガーを残して、ロザレーナは彼のもとを去った。

ハインツの死からほどなくして、ラディガーはアルフォンス五世からユーゼリヒ公《こう》爵《しゃく》位《い》を賜《たまわ》った。ユーゼリヒ公爵は皇太子にのみ許される爵位。望み通り、ラディガーはシュザリア帝国《ていこく》の新しい後継者となったのだ。

(私はあのことを忘れない。ラディガーがハインツ様にしたことを)

政略結婚だ。どんなに不服でも、腸《はらわた》が煮《に》えくり返るような思いでも、ロザレーナが皇太子の花嫁になることはすでに決定したこと。だが、いくらラディガーが権力を振りかざそうと、ロザレーナの心までは奪《うば》えない。

ロザレーナはこの日のために猛特訓《もうとっくん》した貴婦人のふるまいを完璧《かんぺき》にこなし、淑《しと》やかな足取りで大広間を横切った。壇上《だんじょう》へ続く短い階段の下で、膝《ひざ》を折って挨拶《あいさつ》する。

「ずいぶん遅かったな、ロザレーナ姫」

ラディガーは壇上から偉《えら》そうに声をかけた。正装した彼は気後れするほど美しく、その神々《こうごう》しさに圧倒《あっとう》される。子ども時代を共に過ごした無邪気《むじゃき》な少年ではない。ロザレーナを見下ろしているのは、友情を捨て野心を選んだ冷徹《れいてつ》で非情な青年だ。

「衣装選びに時間がかかったのか」

「いいえ、皇太子殿下《でんか》。着替えは早々に済んでいました」

ロザレーナは繊細《せんさい》なレースで縁取《ふちど》られた黒いベール越《ご》しにラディガーを睨んだ。

「なぜもっと早く来なかった？」

「礼拝堂で懺悔《ざんげ》していましたので」

ラディガーが形の良い眉《まゆ》を跳《は》ね上げる。ロザレーナは一秒も目をそらさない。

「亡《な》き婚約者の仇敵《きゅうてき》に嫁《とつ》ぐことをお許しくださいと、神に祈っていました」

大広間中の貴人たちがひそひそと小声で囁《ささや》いている。大燭台《だいしょくだい》の炎がゆらゆら揺れた。無言の睨み合いは双方《そうほう》一歩も引かないためにしばらく続いた。彼が何を思って友人の婚約者だったロザレーナを娶《めと》ることにしたのか知らないが、ロザレーナはこの結婚に納得《なっとく》していない。ラディガーに感じるのは苛立《いらだ》ちと憎しみだ。

氷のような沈黙を打ち破ったのはシュザリア皇帝アルフォンス五世だった。

「まあまあ！　そんなにぎすぎすしないで！」

陽気な声が大広間に響《ひび》き渡《わた》った。白髪頭《しらがあたま》の老紳士《ろうしんし》――アルフォンス五世がロザレーナに歩み寄った。臣民《しんみん》に〈アル爺《じい》さん〉と呼ばれて親しまれている老齢《ろうれい》の皇帝は、ロザレーナの右手にキスして、茶目っ気たっぷりにニッと笑った。

「あまり孫を苛《いじ》めないでおくれ。あれでなかなか傷つきやすいのだ」

「皇太子殿下を苛めるなんてとんでもない。私は、ただ……」

「さあ、今宵《こよい》は祝いの席だ！　私のような年寄りでも踊《おど》るんだ、若者はもっとたくさん踊らなくては。――音楽を！　そうだな、ブランルがいい！」

アルフォンス五世は人懐《ひとなつ》っこく笑って楽士たちに手を振った。それを合図に楽士たちは楽器を構える。流れ出したのは軽快な舞曲《ぶきょく》だ。男女が交互《こうご》に並んで円形を作り、跳《と》びはねるようなステップを踏《ふ》むブランルは、とびきり愉快《ゆかい》なダンスだ。

アルフォンス五世は老婦人の手を取って大広間の中央へ行き、年齢を感じさせない軽やかさで踊り始めた。貴人たちも皇帝《こうてい》に誘《さそ》われて舞曲に身を委《ゆだ》ね、大広間のあちこちに大小の輪ができる。もともと庶民《しょみん》のダンスだったブランルには、堅苦《かたくる》しい決まりがないので、このときばかりは気取った紳士《しんし》淑女《しゅくじょ》たちもうっかり笑みをこぼす。

ラディガーは席を立ち、壇上からおりてきた。シャドーブルーの瞳《ひとみ》は冷たく沈《しず》んでいる。そばに立つと彼の長身が際立ち、自分が頼《たよ》りない生き物のように感じられた。

「皇帝陛下《へいか》の御前《ごぜん》だ。これ以上、騒《さわ》ぎは起こせない」

冷然と言って、ラディガーは黒絹《くろぎぬ》の手袋に包まれた右手を差し出した。彼を睨んだまま、ロザレーナはその手を取った。そうしなければならなかったから。


ブランルが終わると、ロザレーナはラディガーに誘われてバルコニーへ出た。

春先の夜風は適度に涼しく、緊張《きんちよう》で強張《こわば》った頬をやんわりと撫《な》でてくれた。藍色《あいいろ》の夜空には寂《さび》しげな三日月が所在無げに浮《う》かんでいる。気が滅入《めい》るような暗い夜だ。

「ダンスが上手《じようず》になったな、ロザレーナ」

ラディガーは手すりに寄りかかってこちらを見た。シャドーブルーの瞳には値踏《ねぶ》みするような色が浮かんでいる。ダンスの最中もじっと見つめられて居心地《いごこち》が悪かった。

「昔は俺の足を踏んでばかりだったくせに」

「さあ、そうだったかしら？」

ロザレーナはむっとして視線を鋭くした。目をそらすのは負けたみたいでいやだ。

「あなたと踊ったときのことはあんまり覚えてないの。あなたのことが嫌《きら》いだから」

「嫌いだろうと何だろうと、お前は俺の婚約者だ」

ラディガーに腕を摑まれて、ぐいと引き寄せられた。彼がまとっている甘い香水がふわりと舞《ま》い上がる。その艶《なま》めかしい香りにクラクラした。

「綺麗《きれい》だな、ロザレーナ。ダンスの最中もお前から目を離せなかった」

睦言《むつごと》のような囁きが落ちて、眩暈がよりいっそうひどくなった。

「あ、あなたに褒《ほ》められてもちっとも嬉《うれ》しくないわよ」

ラディガーの腕の中から逃げようともがくが、うまくいかない。さらにきつく抱《だ》き寄せられて、距離が縮まる。頼りなげに揺《ゆ》れる右耳の耳飾《みみかざ》りのように鼓動《こどう》が乱れた。

「お前に言いたいことがある」

「な、何よ？」

変だ。ラディガーはこんなに逞《たくま》しかっただろうか。子どもの頃は体格にもそんなに差はなかったのに、今ではロザレーナをすっぽり包めるほど彼の身体《からだ》は大きい。そのことに戸惑《とまど》いを感じて、ますます心臓が騒がしくなった。

ラディガーはシャドーブルーの瞳でロザレーナをとらえ、囁くように言った。

「ずっと好きだったんだ――お前のことが」

音が消えた。窓から漏《も》れてくる大燭台の光が端整《たんせい》な横顔を優美に照らしている。

「……はあ!?」

調子はずれな声を出してしまった。聞き間違《まちが》いかと思ったが、ラディガーは続ける。

「いつからか思い出せない。たぶん、出会った頃《ころ》からお前に惹《ひ》かれていた。山盛りの人参《にんじん》ゼリーを食べたときから……いや、もしかしたら、斧槍でぶん殴られたときからかもしれない。気づいたときには手《て》遅《おく》れだ。お前の虜《とりこ》になっていた……」

「ちょっ……ちょっと待って！　あなた、酔《よ》ってるわね？」

ラディガーは酒に弱い。葡萄酒《ぶどうしゅ》を二、三杯《ばい》も飲めば酔っぱらう。ただし、顔に出ないので周りには分かりにくい。が、言動が不自然になるからロザレーナには分かる。

酔っぱらうと、突然、ロザレーナを称賛《しょうさん》し始めるのだ。

普段は「おい、暴力女」「ドレス着たクマのくせに」「お前、山賊姫《さんぞくひめ》って名前にしろよ」「前から思ってたけど、お前ほんとは男だろ」などと、ろくなことを言わないくせに、酒で正気を失ったとたん、「そうだよな、俺のウサギ姫」「ドレスを着た薔薇《ばら》みたいだ」「お前のこと、女神《めがみ》って呼んでもいいか」「前から思ってたけど、お前はほんとに可愛《かわい》いよな」などと、人が変わったようにロザレーナを賛美する。

後日、「あなた、私を花の妖精《ようせい》って言ってたわよね」とからかってやるのだが、ラディガーは「俺がお前にそんなこと言うか、バカ」と全力で否定する。

「お前との婚約が決まった日は眠れなかった。婚約式の前日もそうだ。昨日もあまり寝ていない。お前に会えるのが楽しみで……どんなドレスを着てくるかと考えるだけで胸が高鳴ってしまう。眠気《ねむけ》なんか一瞬で吹き飛ぶんだ」

間違いない。ラディガーは酒に酔っている。

「お前は可愛いから何を着ても似合うが、喪服《もふく》姿も本当に可憐《かれん》だな。清らかで、淑やかで、まるで森の奥にひっそりと咲《さ》く黒百合《くろゆり》だ。喪服を着たお前を見られるなら俺は毎日でも棺《ひつぎ》に入りたい。そして棺の中からお前に見惚《みと》れたい」

「あーもう、分かったから放してよ」

距離が近すぎて落ち着かない。わけの分からないことを言う低い声音《こわね》が黒いベールにかかるから、ロザレーナはラディガーの胸を突《つ》っぱねた。

「嘘《うそ》をつくな。お前は何も分かってない」

悩《なや》ましげに溜息《ためいき》をついて、ラディガーはロザレーナを強く抱きしめる。

「俺がどんなにお前を恋《こい》しく思ってるか、全然分かってないんだ」

ベール越しに熱っぽくロザレーナをとらえる瞳が切なげに細められた。どこか艶《つや》っぽい眼差《まなざ》しにロザレーナはうろたえた。ラディガーが女たらしだという噂《うわさ》はきっと事実だ。妖《あや》しいシャドーブルーの瞳で女性たちに魔法《まほう》をかけるのだろう。

不覚にも彼の美しい瞳に見惚れてしまい、ロザレーナは頭の中で自分を叱《しか》りつけた。ラディガーはハインツを見捨てた卑劣漢《ひれつかん》だ。一瞬でも心を傾《かたむ》けてはいけない。

「どうでもいいけど、あなたって庶子《しょし》は何十人いるの？」

「……庶子？　何の話だ？」

ロザレーナが話をそらすと、ラディガーは不思議そうに目を瞬《しばたた》かせた。

「とぼけたって無駄《むだ》よ。皆が言ってるわ。あなたは美女をとっかえひっかえして、あちこちで子どもを作ってるって。身籠《みごも》った女性をポイ捨てして面倒見ないそうじゃない。そういうの、同じ女として許せないわ。自分の行動に責任を持ちなさいよ」

ラディガーに関する噂はいやらしいものばかりだ。同時に十人以上と付き合っているだの、毎朝違《ちが》う恋人のベッドで目覚めるだの、一人の女性とは最長で七日しか続かないだの、皇太子になってからは東方諸国のように後宮を作る計画をしているだの、彼に仕える女官は必ず懐妊《かいにん》するだの……悪い評判を聞くたびに呆《あき》れていた。

ハインツの件で友達付き合いをやめてから、ラディガーには可能な限り会わないようにしてきた。しかし、婚約《こんやく》してしまったからには、いずれ夫婦になるのだ。ラディガーの手綱《たづな》をしっかり握《にぎ》って、破廉恥行為《はれんちこうい》を慎《つつし》ませなければならない。

「あーあ、恥《は》ずかしい人と婚約しちゃったわ。皇太子妃《こうたいしひ》として一番重要な仕事は、夫のだらしない下半身を管理してあげることだなんて、情けなくて涙《なみだ》も出ないわよ」

「なっ……だ、だらしない下半身って、は……はしたないことを言うな！」

「ズボンのベルトが緩《ゆる》い人に『はしたない』なんて言われる筋合いないわね」

「緩くない！　断じて緩くないぞ！」

ラディガーはやけに真剣《しんけん》な面持《おもも》ちで、必死すぎるほどぶんぶんと首を横に振《ふ》る。

「俺に庶子なんかいない！　一人もいない！　いるわけがない！」

「なんで断言できるのよ？　そーゆーことしてるんでしょ？　二時間おきに」

「に、二時間おき!?」

「えーっと、一時間おきだったかしら？　とにかく、そういう話を聞いたことがあるのよ。あなたは一日に何人もの美人を裸《はだか》にしてるって。あっ、思い出した！　二十分おきよ！　まったく、開いた口がふさがらないわ。ベルト締《し》めてる暇《ひま》ないじゃない」

ロザレーナがじっとりとした目で睨《にら》むと、ラディガーは大きく首を振った。

「お前は騙《だま》されてるんだ！　二十分おきなんて常識的に考えて無理だと思うぞ！」

「あなたならできるんじゃないの？　何だっけ……ああ、絶倫《ぜつりん》だから」

「絶……って、な、な……っ！　おっ……ど、どこで覚えたんだ、そんな言葉！」

「風の噂よ。ふん、驚《おどろ》いた？　私ね、何でも知ってるのよ。もう十七だもの」

ロザレーナは胸を反らした。ラディガーは口をぱくぱくさせている。

「あなたのこと大嫌いだから結婚なんかしたくないけど、仕方ないわね、私も王女だから。結婚したら妃《きさき》の務めはちゃんと果たすわ。でも、庶子はこれ以上作らせないわよ。自分の下半身も統治できない人に帝国《ていこく》の領土を治められるはずないもの。あなたが自制ってものを覚えるまで、私があなたのやんちゃな下半身を管理してあげる」

「下半身下半身って……恥ずかしい言葉を連呼するな!! 破廉恥女《はれんち》!!」

「何よ、破廉恥なのはそっちでしょ!! いかにも絶倫な顔してるくせに!!」

「いかにも絶倫な顔って何だ!!」

「あなたの顔のことよ!!」

ロザレーナはラディガーの胸を思いきり小突《こづ》いた。

「よくそんないやらしい顔で宮廷《きゅうてい》をうろつけるわね!! 私があなたなら、毎日仮面をかぶって人に会うわよ!! いやらしい顔を人様に見せて平気でいられないもの!!」

「いやらしい顔なんかしてない!! 俺の顔がいやらしく見えるならお前の目がいやらしいんだ!! 要するにお前がいやらしいってことだ!!」

「私はいやらしくないわよ!!」

「いやらしい!! お前は普通にしてても可愛いし、怒《おこ》っても可愛いし、笑うともっと可愛いし、ちょっとした仕草《しぐさ》もいちいち可愛すぎる!! 今日はこんな喪服なんか着て、可愛いのに綺麗で、俺を見惚れさせて、だいたいお前は――」

何かに気づいたように、ラディガーは唐突《とうとつ》に言葉を切った。

「……俺が贈《おく》った耳飾りはつけていないんだな」

ロザレーナの右耳を見て、ラディガーは落胆《らくたん》したふうにつぶやいた。

婚約に際して、男性が女性に耳飾りを贈ることは古くからの決まりだ。耳飾りに使う宝石は男性の瞳《ひとみ》の色に合わせたものにするのが一般的である。婚約では右耳の分だけ贈り、結婚式で花婿《はなむこ》が花嫁の左耳に残りの耳飾りをつけることになっている。

ロザレーナの右耳で揺れているのは、小粒《こつぶ》のエメラルド。ハインツから贈られたものだ。ハインツが亡《な》くなってからもロザレーナはこれをつけている。

今日はハインツを悼《いた》んで喪服を着たのだから、彼からもらった耳飾りをつけていても何ら不思議ではない。そもそもハインツを見捨てたラディガーはロザレーナにとって憎《にく》むべき相手だ。彼に気を遣《つか》って彼がくれた耳飾りをつける義理なんてないのに、ラディガーが傷ついた表情をするから、胸がちくりと痛んでしまう。

「お前が俺の目と同じ色の耳飾りをつけているところを見たかった」

ラディガーはベール越《ご》しにロザレーナの右耳にそっと触《ふ》れた。直接触《さわ》られたわけでもないのにドキッとして、ロザレーナは顔を赤らめた。

「……け、結婚したら……つけるわよ、さすがに」

「じゃあ、今すぐ結婚したい」

「な、何言ってるの。結婚式は三か月後って、決まって……」

ラディガーが黒いベールをゆっくりと持ち上げる。薄暗かった視界がたちまち明るくなった。飛びこんできたシャンデリアの光がまぶしくて目が眩《くら》んだ。わずかにふらついた身体をラディガーが腰に回した腕で支えてくれる。

「俺がお前を皇太子妃に指名《しめい》した理由は何だと思う？」

「……知らないわよ。政略結婚なんだから、いろんな事情でしょ」

「政略なんかじゃない。お前が欲しかったから妃に選んだんだ」

「……相当酔っぱらってるわね、ラディガー」

「ああ、そうだ……ロザレーナ。お前に酔ってる。黒百合のようなお前に」

黒絹《くろぎぬ》の手袋をした掌《てのひら》にやんわりと頬《ほお》を包まれる。手袋の生地《きじ》を通して伝わるぬくもりがロザレーナを惑《まど》わせる。舌が麻痺《まひ》して、いつもの憎まれ口が出てこない。

「ロザレーナ」

ラディガーの声は危険だ。甘くて蠱惑《こわく》的で優雅《ゆうが》で、魔力《まりょく》を秘めている。

「今までお前に暴言を吐《は》いたことを謝りたい。本当に悪かった……。俺は子どもだったんだ。本心を伝えることが恥ずかしかった」

シャドーブルーの瞳に映る自分は夢の中にいるみたいにぼんやりしていた。

「でも……今夜は恥ずかしがらずに素直《すなお》な気持ちを伝えたい」

ラディガーは他のものはいらないと言いたげにロザレーナを見つめている。

「愛してるんだ、ロザレーナ……俺のウサギ姫」

頬を滑《すべ》る指先が熱い。いや、熱いのはロザレーナの頬だろうか。

「すぐに応《こた》えてくれとは言わないし、言えない。お前が自分から俺に気持ちを向けてくれるまで、いくらでも待つ。ただ、俺がお前に愛情を示すことは許してほしい。無《む》理強《りじ》いにならないよう、気をつけるから……」

ロザレーナが答える前にラディガーは身を屈《かが》めた。唇を奪《うば》われると思って、ロザレーナはぎゅっと目を閉じた。しかし、きつく結ばれた唇には何も触れなかった。その代わり、左頬にそっと温かいものが触れる。ごく軽いキスだった。父王が「私の可愛いウサギ姫」と言って笑顔でしてくれるような、優しい優しい、親愛の口づけだ。

「お前が唇を許してくれるまで、これで我慢《がまん》する」

ラディガーは物足りないと言うように、愛《いと》しげにロザレーナを見つめた。唇が触れた部分が火傷《やけど》したみたいにじんじんと熱を持っている。食べ頃《ごろ》の林檎《りんご》のような顔をしている気がする。羞恥心《しゅうちしん》が沸騰《ふっとう》して頭から湯気が出そうだ。

「何か言ってくれ、可愛いロザレーナ。お前の声を聞きたい」

寝室で語られるような懇願《こんがん》に目が回る。瞬《またた》きもできずに見つめ返した。

「俺の名を呼んでほしい。天使が奏《かな》でる音楽のような、美しく澄《す》んだ声で」

情熱的な視線と甘美《かんび》な囁《ささや》きが頬を撫《な》でた。いよいよ我慢の限界だ。

「……やっ！　いやぁ――――っ！」

無我夢中で暴れ、ラディガーの腕の中から脱出《だっしゅつ》する。大広間へと続く窓に飛びついた。開けようとして力任せに押してみるが、窓はびくともしない。

「嘘っ……な、なんで開かないの!?　ま、まさか鍵《かぎ》がかかって……」

「何やってるんだ。押してるから開かないんだろ。こうやって引けば簡単に――」

「きゃあぁ――――っ！」

ラディガーが窓の取っ手ごと自分の手を摑《つか》んで引いた瞬間、ロザレーナは叫《さけ》び声を上げた。彼を押《お》しのけて大広間に飛びこむ。ワルツを楽しんでいた紳士淑女《しんししゅくじょ》たちが甲高《かんだか》い悲鳴に驚いていっせいにこちらを見たが、そんなことに構っている暇はない。

「おい、待て！　ロザレーナ！」

呼び止めるラディガーの声を振り払《はら》い、ロザレーナは大広間を突っ走った。

全力疾走《しっそう》しながら慌《あわ》てふためいて黒いベールをおろし、薔薇《ばら》色の顔を隠《かく》す。

（ラディガーったら、お酒を飲みすぎたんだわ!!）

酔《よ》いどれ皇太子と一緒《いっしょ》にいたら心臓がもたない。風邪《かぜ》を引いたみたいに火照《ほて》った頬に戸惑《とまど》いながら、ロザレーナは舞踏会《ぶとうかい》会場を飛び出した。

第3章　皇太子の秘密　王女の憂鬱《ゆううつ》

「ガー君!!　君は本当に本当にロザレーナに変態的行為《こうい》をしていないんだね!?」

宮廷舞踏会から十日後の昼下がり。ラディガーは執務室《しつむしつ》でグィード王に詰《つ》め寄られていた。詰問《きつもん》を受けるのは今日だけで実に十三回目だ。グィード王は来る日も来る日も行く先々に出現し、あの夜ロザレーナに不埒《ふらち》なことをしなかったかと問いただす。

「俺は頬に軽く口づけしただけです！　唇には一切触れてない！」

執務机の下からぬっと現れたグィード王に仰天《ぎょうてん》しつつも、ラディガーは毅然《きぜん》とした態度で事実を述べた。グィード王はクマにたとえられるほどの大男だ。よくもまあ、机の下の狭苦《せまくる》しい空間におさまっていたものだとある種の感嘆《かんたん》を覚える。

「しかし!!　ロザレーナは悲鳴を上げて君から逃げていったぞ!!　人参《にんじん》ゼリーのようにぷるぷるふるふるした繊細《せんさい》なあの子の乙女心《おとめごころ》を粉砕《ふんさい》する猥褻《わいせつ》行為を働いたんじゃないのか!?　もし、そうなら……私から君に贈る言葉は一つしかないっ!!」

グィード王はラディガーの胸倉《むなぐら》をむんずと掴んだ。どすのきいた声で唸《うな》る。

「夜道に気をつけろ」

真顔だ。見慣れた人のよさそうな笑みなど、ひとかけらもない。第一線で天獅子騎《アンレーヴェき》士団《しだん》マーツェル部隊を率いていた頃、あまりに苛烈《かれつ》すぎる戦いぶりから鬼畜王《きちくおう》と称《しよう》されていた片鱗《へんりん》が垣間《かいま》見える。一瞬怯《ひる》んだが、なんとかその場に踏《ふ》みとどまった。

「誤解です、義父上《ちちうえ》！　俺は本当にいやらしいことなんかしてないんだ！」

「じゃあ、なんでロザレーナは悲鳴を上げたんだ！　納得《なつとく》のいく説明ができるのか!?　一秒だけ待ってやる!!　できるならやってみろ!!　できないだろう!!　できないんだな!!　ようし、だったら私も容赦《ようしや》しないぞ!!　皇太子だろうと大公子だろうと構うものか!!　結婚前の娘の貞操《ていそう》を汚《けが》したスケベエ野郎《やろう》には正義の鉄槌《てつつい》を——」

「まあ、落ち着いてくださいよ、グィード王」

ソファに横になっているギルがのんびりと声をかけた。ギルは妖艶《ようえん》な女官に膝枕《ひざまくら》をしてもらっている。白い手でキャラメル色の髪を撫でられながら、ふわりと笑う。

「二十一にもなって女性経験皆無《かいむ》の殿下《でんか》にロザレーナ姫の貞操を汚すことができるはずないでしょう。たとえばこんなことなんか、絶対無理ですよ」

「きゃっ……お、おやめください、侯爵様《こうしやく》」

まるで庭園の花に触れるかのように自然な動きで、ギルはドレスの上から女官の胸の膨《ふく》らみに触れた。女官は恥《は》じらって頬を染め、ギルの手を掴む。

「なぜだめなんだい？　昨夜《ゆうべ》はずっと触らせてくれたのに」

「そっ、そんなこと……人前でおっしゃらないで」

「人前？　ああ、そういえばそうだったね。君といると君しか見えなくなるから、つい周りに人がいることを忘れてしまうんだ」

ギルは女官の手に口づけして、甘《あま》ったるい溜息《ためいき》をついた。

「素晴らしい気分だよ、ターニャ。麗《うるわ》しい君の顔を見上げるのは」

「……ひどい人。何人もの女性をその瞳で惑わしているんでしょうね」

「私の視界にいるのは君だけさ。たった二つしか目を持っていないからね」

「二つ目の瞳に私以外の女性を映しているのではありませんの？」

女官が形の良い眉《まゆ》を跳《は》ね上げる。ギルは彼女の手に指を絡《から》めた。

「どちらにも君が映っているよ、可愛《かわい》い人。昼間の君と、昨夜の君が」

「侯爵様……」

「ギルと呼んで欲しいな。ベッドの上でそうしてくれたように」

女官が恥ずかしそうに彼の望みを叶《かな》えると、ギルは起き上がって彼女の唇をふさいだ。濃厚《のうこう》な口づけが始まってしまい、ラディガーはいたたまれなくなる。

「おい、ギル！　俺の執務室に女官を連れこんでそーゆーことするのはやめろ！」

ギルが美女と戯《たわむ》れるのは、毎朝、日が昇《のぼ》るのと同じくらいありふれた行為だが、ラディガーの執務室や私室で事におよんでいることが多いので困ったものだ。何気《なにげ》なく部屋に入ると、耳がただれそうな声音《こわね》が聞こえてきてぎょっとする。

「いかがわしい行いはよそでやれ！」

「よそじゃ、やれないんですよ。実家の監視《かんし》がうるさくて自分の部屋では恋人と会えないんです。その点、殿下の部屋はいいですねー。我が家の密偵《みってい》も入ってこない楽園だなぁ、とつぶやいて女官の腹部に顔を埋《うず》める。女官は「いやらしい人」と言ったが、ギルの髪をやんわりと撫でているからまんざらでもなさそうだ。

「お前は俺の執務室を何だと思ってるんだ！」

「美人とあんなことやそんなことをする場所だと思ってますよ？」

ギルは平然と答えて女官の指先に意味ありげな口づけをした。女官は頬《ほお》を染める。悔《くや》しい。とても悔しい。秘密の視線を交《か》わし合う二人を見ているとムカムカした。

（……俺なんか頬に一回キスしただけで叫び声を上げられたのに……！）

宮廷舞踏会の結末を思い出すと打ちひしがれそうになる。頬にキスしただけなのに、ロザレーナに全力で拒否《きょひ》されてしまった。頬にキスしたくらいであの反応なら、唇を重ねたらどんなふうにお断りされるのだろうか。考えただけで絶望感に苛《さいな》まれる。

「頼むから出ていってくれ！　卑猥《ひわい》な光景で俺の目が汚れる！」

「大げさだなぁ。膝枕してるだけじゃないですか。まったく、これだから童て――」

「わーやめろ!!　それを言うな!!　言うなよ!!　言ったらお前のうっとうしい髪を根元から切って落として刻んでやるからな!!　絶対に言うんじゃ――うっ」

必死にごまかそうとしていると、摑まれた胸倉をぎゅうぎゅう絞《し》め上げられた。

「ガー君!!　まだ私との話が終わっていないぞ!!」

グィード王が血走った目でこちらを見ている。まさに凶暴《きょうぼう》な獣《けもの》の目つきだ。

「ですから、俺は責められるようなことなんか何一つしてな――」

「君は二十一にもなって女性経験がただの一度もないのか!?　二十一にもなって!?」

ラディガーは返答に詰まった。『二十一にもなって』がグサッと胸に刺《さ》さる。

「そーなんですよ、グィード王。ハハッ、笑っちゃいますよねぇ。うちの殿下、綺麗《きれい》なご婦人方からお誘《さそ》いされてもわざわざ断るんですよ。『心に決めた人がいるから』とか何とか恥ずかしいこと言っちゃって。ま、私がおこぼれをいただくんですけどね」

ギルは女官の掌《てのひら》に指先で何か文字を書いている。女官が真《ま》っ赤《か》になって目をそらすような言葉だ。ラディガーの想像を遥《はる》かに超《こ》える淫《みだ》らな単語なのだろう。

「本当なのか、ガー君!! 君はロザレーナに操《みさお》を立てているのか!!」

摑《つか》まれた胸倉を乱暴に揺《ゆ》さぶられ、ラディガーは目をそらした。言いたくない。言いたくないが、詰問しているのはいずれ義父になるグィード王だ。虚《むな》しい嘘《うそ》をついても仕方ない。それに、あの夜の潔白を証明するには必要なことだ。

「ええ……実はそうなんです、義父上。ロザレーナ以外の女性とそのような行為に及《およ》ぶなんて考えられない。いや、ロザレーナとだってちゃんと結婚するまでは……彼女が俺に心を許してくれるまでは、何もしないつもりです」

グィード王を見つめて本心を告げる。ロザレーナを大切に想《おも》っていればこそ、一時《いちじ》の戯れで他の女性に目移りするなど言語道断だ。婚約《こんやく》した現在はなおさらロザレーナ一筋《ひとすじ》。彼女がラディガーを許してくれるまで禁欲するくらい至極当たり前のことだ。

「ガー君……。そこまでロザレーナのことを想ってくれているのか……」

グィード王はぶわっと涙《なみだ》を浮《う》かべた。唇をふるふるさせ、がっと抱《だ》きついてくる。

「息子よぉぉぉおおおおお――――――――!!」

恐《おそ》ろしい怪力《かいりき》で抱擁《ほうよう》され、ラディガーは骨が軋《きし》む音を聞いた……ような気がした。

「すまないっ! 疑って悪かった! ガー君のような誠実で純粋《じゅんすい》で真面目《まじめ》で童……な好青年が、婚約者とはいえ、未婚《みこん》の娘に猥褻行為をするはずがなぁいっ!!」

暑苦しすぎる抱擁の後で、グィード王はラディガーの背中をバシバシと叩《たた》いた。

「恥じることはない、ガー君《かく》！　身も心も清らかである！　これを誇《ほこ》らずして何を誇るというのか！　何を隠そう私も結婚するまでは女性の手も握《にぎ》ったことがなかった！」

「えっ……そうだったんですか、義父上」

にわかに親近感を覚える。グィード王は「そうとも！」と大きくうなずいた。

「私はそこらの浮《うわ》ついた若者と違《ちが》って色恋《いろこい》より戦闘《せんとう》に生きていたからな。女性に興味がなかったんだ。あっ、勘違《かんちが》いするな！　もちろん、男にも興味はなかったぞ！　色《いろ》事《ごと》には一切関心がなく、心身ともに逞《たくま》しく健やかに過ごしていた。しかし！」

首からさげているロケットペンダントの蓋《ふた》をあけ、小さな肖像《しょうぞう》画《が》を見下ろした。

「フランカ……ああ、フランカ！　彼女は――我が妃《きさき》は天使のような女性だったんだ！　政略結婚で仕方なく娶《めと》ったはずなのに、見合いの肖像画を見たときは何とも思わなかったのに、私はフランカと顔を合わせた瞬間、彼女の僕《しもべ》になった！」

突然その場に跪《ひざまず》き、ロケットペンダントを恭《うやうや》しく掲《かか》げて振《ふ》り仰《あお》ぐ。

「彼女は何もかも最高の女性だった。ウサギのように可憐《かれん》で、瑞々《みずみず》しい花のように美しくて、聖母のように心優しくて……愛さずにはいられなかった」

溜息をもらし、ペンダントにおさめられている愛妻の肖像画を潤《うる》んだ瞳《ひとみ》で見つめる。

「私の愛《いと》しいフランカ。あなたは私に四人の息子と可愛い娘を与えてくれた。私は幸せだった。あなたと子どもたちさえいてくれれば他には何もいらないとさえ思っていた。なのに……なのに、なぜあなたは私を置いて神の御許《みもと》へ旅立ってしまったんだ！　私は寂《さび》しいぞ、フランカ！　あなたに会いたい！　戻ってきてくれえぇ——！」

グィード王が亡《な》き王妃《おうひ》を今もなお寵愛《ちょうあい》していることは語り草だ。部屋中にフランカ妃の肖像画を飾《かざ》り、毎晩、彼女の彫刻《ちょうこく》を横に置いて寝ているらしい。妻を亡くしたときのことを思い出したのか、グィード王は床《ゆか》に突っ伏《ぷ》しておいおい泣いた。

ラディガーがそばに膝《ひざ》をつくと、グィード王はばっと顔を上げた。

「私が知っている女性はフランカただ一人。だがしかし、それを恥《はじ》だと思ったことなどない。むしろ誇りだ！　人生で初めて経験することを最愛の女性と分かち合えた！　これ以上、幸福なことがあるか!?　いや、ない!!」

「義父上《ちちうえ》……っ！」

愛情深い眼差《まなざ》しでフランカ妃の肖像画を見つめる未来の義父の姿を見て、ラディガーは胸が熱くなるのを感じた。彼は心から妻を愛し、また彼女からも愛されたのだろう。だからこそ、人に勧《すす》められても後妻を娶らず、彼女だけを愛し続けているのだ。

(義父上のようになりたいものだ)

今のところ、ロザレーナへの想いは一方通行だが、諦《あきら》めてはいけない。いつかグィード王とフランカ妃のように、固《かた》い絆《きずな》で結ばれた仲睦《なかむつ》まじい夫婦に——。

「あ！　よくよく考えれば私が結婚したのは二十歳《はたち》のときだから、君のほうが童……歴は一年長いわけだな！　つまり、私にとって君は童……の先輩《せんぱい》ということだ！」

グィード王はラディガーの肩を抱いて笑う。せっかくの感動が台無しだ。なぜか勝ち誇った笑みを向けてくる。なんだか腹が立つ。何だ、この敗北感は。

「さぁて、ガー君！　わだかまりも解けたし、今夜は飲み明かそう！」

屈託《くったく》なく大声で笑って、グィード王はラディガーの顔を無邪気《むじゃき》にのぞきこんだ。

「現童……と元童……で親睦《しんぼく》を深め合おうじゃないか！」

あまりその単語を連呼されるのは心中《しんちゅう》穏《おだ》やかではないが、とりあえず疑いは晴れたようだ。そのことにほっとしていると、隣の小部屋へ通じるドアが開く音がした。

「ここは騒《さわ》がしいから静かなところへ行こうか、ターニャ」

ギルが女官の細腰《ほそごし》に腕を回して連れていく。女官はちらりと振り返った。

「でも……殿下《でんか》が出ていけって……」

「いいんだよ、あの人のことは気にしなくて。そんなことより、君はとてもいい匂《にお》いがするね。まるで媚薬《びやく》だよ。昼間からこんなに私をあおるなんていけない人だ」

女官の耳朶《みみたぶ》に口づけする。女官は白い肌を赤らめてギルに身を寄せた。

「お、おい、待て！　俺の部屋で不埒《ふらち》な行いは許さ――」

ラディガーの制止は無視され、バタンとドアが閉まった。早速、睦言《むつごと》が始まってしまい、ドアを開けて怒鳴《どな》りつけることもできない。ラディガーは両耳をふさぎたくなった。なんでギルのような破廉恥《はれんち》全開男が自分の側近なのか激しく疑問だ。

「それにしても驚《おどろ》いたなぁー」

グィード王はラディガーの肩を親しげに叩いた。満面の笑みだ。

「ガー君が現役バリバリの童……とは！　ロザレーナが知ったら喜ぶぞぉー！」

「えっ……や、やめてください、義父上！」

ラディガーはグィード王の両肩をガッと摑んで義父の目を睨《にら》んだ。

「この件についてはお願いですからロザレーナにだけは知らせないでください！」

「なんでだ？　ガー君が自分のために二十一年間、貞操《ていそう》を守ってきたと知ったら、ロザレーナはきっとこう言うぞ。『私のことそんなに想っててくれたのね！　素敵《すてき》！』」

グィード王はロザレーナの声音をまねているつもりだろうが、全然似ていない。

「いや……そんなことは言わないと思います」

少なくとも『素敵！』とは言わないだろう。そもそも、ロザレーナはラディガーを嫌《きら》っているのだ。ラディガーの好意を知っても素直《すなお》には受け取ってくれない。

「ガー君……そろそろ、ロザレーナにあのことを話してはどうだろう」

グィード王はすっと表情を引き締《し》めた。太い声音も低いところで落ち着いている。

「ロザレーナは君のせいでハイ君が死んでしまったと思いこんでる。だから、君の気持ちに応《こた》えないんだ。真実を知れば、ロザレーナはガー君のことを……」

「いえ、まだ早すぎます」

ラディガーは首を横に振った。ハイ君とは、例によってグィード王が勝手につけたハインツのあだ名だ。ここ最近、グィード王はハインツの話題を避《さ》けているようだったから、久しぶりに聞いた。今でもハインツの名前を聞くたびに胸がうずく。

「いつかは分かることだぞ」

グィード王が心配そうに目を細める。ラディガーの返答は変わらない。

「ロザレーナの心の傷を増やしたくないんです。ロザレーナは……彼女は十分苦しんだ。せめてその痛みが……和《やわ》らぐまでは」

ハインツの訃報《ふほう》を聞いて呆然《ぼうぜん》とするロザレーナの姿が目に焼きついて離れない。ハインツは罪深いことをした。彼女を置いて一人で天に昇《のぼ》ってしまった。そして、それを止められなかったラディガーも同様に、あるいはそれ以上に罪深い——。

「ロザレーナのためにも、あの件はもうしばらく伏《ふ》せていてください」

お願いします、と頭《こうべ》を垂れる。短い沈黙があった。肯定《こうてい》する代わりに、グィード王は無言でラディガーの肩を叩いた。


ロザレーナは布団《ふとん》の中で震《ふる》えていた。時刻は真夜中をとうに過ぎている。さっきまですやすや眠っていたのだが、雷鳴《らいめい》が轟《とどろ》いた瞬間、飛び起きてしまった。

(……早く、早く、どっか行ってよ!!)

雷が暴れるときは、恐怖で喉《のど》が凍《こお》りついて悲鳴も出ない。侍女《じじょ》を呼びに行きたいが、布団から出ようとするたびに轟音《ごうおん》が降り注いでロザレーナを足止めする。

雷鳴が轟きだすといつもこうだ。布団にもぐって子どものように震えながら、一刻も早く雷が遠ざかってくれることを祈っていることしかできない。

窓を叩く礫《つぶて》のような雨粒《あまつぶ》と、壁《かべ》を吹《ふ》き飛ばすような大風。カーテンの隙間《すきま》から不気味に姿を見せる雷光《らいこう》、その直後に襲《おそ》ってくるすさまじい音。あの夜と同じだ。父王からハインツが死んだことを聞かされた、災厄《さいやく》の夜とまったく同じ。

(……ハインツ様、ハインツ様……どうして帰ってきてくれなかったの……?)

最後に見た温和な微笑《びしょう》が蘇《よみがえ》って胸が苦しくなる。彼の帰りを待っていた。ロザレーナが十六になったら結婚式を挙げる約束だった。たった二年だった。あと二年すればロザレーナはハインツの妃になれた。彼がロザレーナのもとに帰ってきたなら。

ふいに黒髪の女性が瞼《まぶた》の裏に映り、胸の奥がずっしりと重くなった。

艶《つや》やかな黒髪の淑《しと》やかな美人――叔母《おば》であるオクタヴィアとハインツの仲を知ったあの日。亡母の祖国、ワーリヤ公国では仮装舞踏会《かそうぶとうかい》が開かれていた。

十三歳のロザレーナは花の妖精《ようせい》に扮《ふん》していた。丸みに乏《とぼ》しい身体《からだ》を包んでいたのは、無数の花弁《はなびら》を重ねたような可愛《かわい》らしいドレス。背中には小ぶりの羽根をつけ、編みこんで結《ゆ》い上げたシェルピンクの髪には生花で作った花冠《はなかんむり》をのせていた。

父王は「カワイイ！　カワイイ！」と大騒《おおさわ》ぎしていたし、ラディガーですら「まあ……思ったよりひどくはないな」と褒《ほ》めてくれた。もちろん、一番見せたい相手であるハインツにも見てもらった。古い伝説に登場する太陽王と称《しょう》される英雄《えいゆう》に扮したハインツは、ロザレーナの足元に跪き、そっと右手を取ってキスした。

「私の小さな妖精姫。一曲、お相手願えますか？」

上質な真紅《しんく》を基調にしたきらびやかな衣装を着た婚約者は、誰よりも麗《うるわ》しくて凛々《りり》しくて、本当に伝説の中から抜《ぬ》け出してきたかのようにまぶしかった。惚《ほう》けたように見入ってしまい、ロザレーナは「喜んで」と返事をするのが遅れた。

お洒落《しゃれ》に敏感《びんかん》な女官たちのまねをして、宮廷《きゅうてい》で大流行していた踵《かかと》の高い靴《くつ》を無理して履《は》いていた。慣れない靴のせいで立っているのがおぼつかないほど両足がズキズキ痛んでいたが、ハインツと踊《おど》っている最中は痛みなんか吹き飛んだ。

大人たちは明け方まで舞踏会を楽しむが、真夜中が過ぎれば、十四歳以下の子どもは寝室に入ってやすまなければならない。ロザレーナはそろそろやすむようにと父王に言われた。「まだ踊りたい！」と見栄《みえ》を張ったが、本音を言えばくたくたに疲れていて、すぐにでもベッドにもぐりこみたい気分だった。

ハインツに就寝《しゅうしん》の挨拶《あいさつ》をしようと彼の姿を探したが、人々の注目を集める太陽王は大広間のどこにもいなかった。ハインツを見なかったかと会う人会う人に尋《たず》ね、どうやら彼は庭園に出たらしいと知った。

痛む足を引きずるようにして、ロザレーナは庭園へ向かった。ジャスミンが咲《さ》く季節だった。庭園には清らかな純白の花が咲き乱れ、甘美《かんび》な芳香《ほうこう》で満たされていた。

粉雪が積もったような小道をふらつきながら歩いていると、ジャスミンのアーチの向こうにいるハインツを見つけた。ロザレーナはぱっと笑顔になった。駆《か》け寄ろうとした瞬間、足が凍りついた。ハインツは一人ではない。女性と一緒《いっしょ》だ。

「ずっと君のことが頭から離れなかったよ、オクタヴィア」

ハインツが愛しげに囁《ささや》いた相手は叔母のオクタヴィアだった。

オクタヴィアは月の女神《めがみ》の衣装で着飾っていた。銀糸のレースを複雑に重ねたドレスはシャンデリアの下でも星屑《ほしくず》をちりばめたように輝いていたが、月光の下での静謐《せいひつ》なきらめきは息をのむほど美しい。だが、それ以上に美しいのは癖《くせ》の強い黒髪を背中に垂らしたオクタヴィアの白くほっそりとした横顔だ。

この頃《ころ》、彼女は二十一歳。十七でワーリヤ公国を離れてメディーセ大公国のセスティアン公爵《こうしゃく》の後妻となったが、十九で寡婦《かふ》になり、母国に戻《もど》っていた。

オクタヴィアはワーリヤ公国でも評判の美姫《びき》だ。彼女を老齢《ろうれい》のセスティアン公爵が娶《めと》ったときは、多くの男性たちが悔《くや》しがったものだ。人の妻だったとは思えないほど清らかな美貌《びぼう》の持ち主で、寡婦になった後も無垢《むく》な乙女《おとめ》のようだった。当然、求愛者はあとを絶たなかった。彼女の周りには常に魅力《みりょく》的な男性たちが集まっていた。

オクタヴィアが嫁《とつ》いだのはハインツの生国だから、ハインツと面識があるのは不思議ではないが、どうしてこんなに人気《ひとけ》のない場所に二人きりでいるのだろう。他の大人たちみたいに大広間で葡萄酒《ぶどうしゅ》を楽しんでダンスすればいいのに。

子どもらしい的外れな疑問は、二人が唇を重ね合ったとき、粉々に打ち砕《くだ》かれた。

ロザレーナにだって唇を重ねるキスが何を意味するかくらい分かる。だからよりいっそう混乱した。どうしてハインツはオクタヴィアとキスするのだろうか？　彼はロザレーナの婚約者なのに。

「……いけないわ、ハインツ。こんなこと、いつまでも続けられない……」

長く深い口づけを中断して、オクタヴィアは顔をそむけた。ハインツの腕の中から逃《に》げ出そうと身をひねるが、ハインツは彼女を逃がすまいとしてきつく抱《だ》きしめる。

「私は君を妃《きさき》にするよ」

「そんなことできないわ。あなたはロザレーナと婚約《こんやく》してるんだから」

「婚約は破棄《はき》する。私が愛しているのは君だ。君と結婚したい」

ハインツはオクタヴィアの唇をふさいだ。穏《おだ》やかな口づけを受けながらも、オクタヴィアの目元からは滴《しずく》があふれている。それは月光に濡《ぬ》れながら頬《ほお》を伝った。

「……ロザレーナが悲しむわ。あの子はとてもいい子よ。結婚式を待ち焦《こ》がれてる。あなたの花嫁になることを夢見てるのよ」

「ロザレーナは確かにいい子だよ。私を慕《した》ってくれるのは嬉《うれ》しい。けれど、どうしても妹のようにしか思えないんだ。……少し前なら何の疑問も持たずに結婚しただろう。これも大公子の義務だと考えて……」

ハインツは波打つ黒髪を味わうように撫《な》でている。緑の瞳《ひとみ》は恋人に向けたままだ。

「でも、今はだめだ。君と出会ってしまったから」

「……ハインツ」

「愛しているんだ、オクタヴィア。誰に憎《にく》まれても、誰に恨《うら》まれても、君と人生を共にしたい。それができないなら、私には今日を生きる意味さえないんだ」

二人の影《かげ》が重なる。さあっと夜風が流れてジャスミンの香りが舞《ま》い上がった。

ロザレーナは時間が止まったように立ちすくんだ。ハインツのことが好きだった。彼に恋《こい》していた。ハインツはロザレーナに優しくしてくれたから彼も同じ気持ちだと思っていた。もちろん、ロザレーナが望んでいた好意は「婚約者として」のものだ。

だが、事実は違《ちが》った。ハインツはロザレーナを妹のようにしか見ていないのだ。

窮屈《きゅうくつ》な靴の中で腫《は》れた足がじくじくと痛んでいた。二人が唇を求め合うのを見ていられなくてロザレーナは踵《きびす》を返した。慌《あわ》てすぎたせいか、小石を踏《ふ》んで転んでしまう。物音にはっとした二人がこちらにやってきた。ハインツとオクタヴィアは目を見開いて、尻餅《しりもち》をついたロザレーナのそばにしゃがみこんだ。

「怪我《けが》をしなかったかい、ロザレーナ」

ハインツが心配そうに問いかける。彼の声音《こわね》は普段通り優しかった。ロザレーナは答えようとしたが、言葉より涙《なみだ》があふれた。足が痛いのか胸が痛いのか分からない。

「……ハインツ様は、私と結婚するのが……いやなの……？」

震えすぎてちゃんと聞き取ってもらえたかどうか怪《あや》しい声だった。ロザレーナが見上げると、ハインツは返答に詰《つ》まった。何かをごまかすように微笑《ほほえ》む。

「いやなんかじゃないさ。ただ、君は幼いから……」

「私が子どもだからだめなの？　だから……叔母様のほうがいいの？」

「ロザレーナ……本当にごめんなさい」

オクタヴィアが苦しそうにうつむいた。柔らかそうな黒髪が垂れて表情を隠《かく》す。

「……全部、全部……私のせいよ。ハインツは何も悪くないわ。彼はあなたのことを大切に思っているし、結婚のことだって――」

「呼ばないで!!」

ロザレーナは地面に落ちているジャスミンの花を左手で目いっぱい摑《つか》んで、オクタヴィアに投げつけた。身体を燃やし尽《つ》くすような激情で頭がどうかしそうだ。

「ハインツ様の名前を呼ばないで!!　呼ばないで!!　呼ば……」

涙で声が詰まる。オクタヴィアにはハインツとのことを何でも話していた。

彼とどんな話をしたか、彼に贈《おく》り物をしたいけれど何がいいか、舞踏会ではどのドレスを着たら彼が喜んでくれるか。花の妖精の扮装《ふんそう》だって、勧《すす》めてくれたのはオクタヴィアだった。花冠を作ってくれたのは彼女だった。髪を編んでくれたのも、背中の羽根を上手《じょうず》に整えてくれたのも、うっすらと口紅を塗《ぬ》ってくれたのも。

可愛いわね、と言ってくれた。きっとハインツも褒めてくれるわよって。

何もかも嘘《うそ》だったのだろうか。ロザレーナが子どもだから適当な言葉でごまかしていたのだろうか。信じていたのに。オクタヴィアを姉のように慕っていたのに。

「オクタヴィアを責めないでくれ……。悪いのは私だ」

何も言えなくなったロザレーナがジャスミンを摑んでめちゃくちゃに投げると、ハインツがオクタヴィアをかばうように間に入った。

「君との婚約を破棄したいということは、もう父上に話しているんだ。簡単に認めてもらえないということは分かってる。でも、私の気持ちは……」

「いや！　いやよ！　ハインツ様と結婚するのは私なの！　叔母様じゃない！」

視界が涙でぐちゃぐちゃだった。たぶん、ハインツは困ったような、申し訳なさそうな顔をしていたと思う。彼の背中に隠れているオクタヴィアの顔は見えない。

ロザレーナは立ち上がって駆けだした。途中で靴を脱《ぬ》いで裸足《はだし》で走った。無我夢《むがむ》中《ちゅう》で走ってあまり使われていない東屋《あずまや》に隠れた。隅《すみ》っこで膝《ひざ》を抱《かか》えて小さくなった。

大理石の床《ゆか》が冷たかった。いろんな感情が煮《に》え滾《たぎ》っているのに身体は冷えきっていた。

「……っ」

地響《じひび》きを伴《ともな》う雷鳴《らいめい》にびくりとして、ロザレーナは布団の中で身体を硬《かた》くした。

雷がいっこうに弱くならないから、いやなことを思い出してしまった。こういうときは、楽しいことを考えるべきだ。たとえば、山盛りの人参《にんじん》ゼリー。人参のクーヘンに、人参のサラダ。人参がごろごろ入ったグラタンも好きだ。それに人参スープ――。

(……えっ!?　な、なに……!?)

何かがベッドにのぼってきてマットレスが沈《しず》んだ。ルコルが小さいときには一緒に寝ていたが、成獣《せいじゅう》になってしまってからは、ルコルは厩舎《きゅうしゃ》で寝ている。ネズミではないだろう。ネズミにしては大きすぎる。成人した男性くらいの大きさだ。

それはベッドの中央で小山を作っているロザレーナの隣にごろりと横になった。

「……早く見たいな。ロザレーナの花嫁姿……綺麗《きれい》だろうな」

溜息《ためいき》まじりの低い声音には聞き覚えがある。まさかと思いつつも、ロザレーナは布団の隙間《すきま》からのっそりと頭を出して様子をうかがった。

とたん、隣に横たわっている謎《なぞ》の物体と思いっきり目が合ってしまった。

「ロザレーナ……!!」

「ラディガー……!!」

二人は同時に叫《さけ》んで飛び起きた。ベッドの端と端までさがって互《たが》いを指差す。

「なっ、なんであなたが……け、結婚式もまだなのに、何考えてるのよ……っ!?」

「そっちこそ、何考えてるんだ……!!　こんな夜中に俺の部屋で何してる!?」

「私は寝てただけよ!!　あなたが勝手に私の部屋に入ってきてるんでしょ!!」

「お前の部屋!?　ばかなことを言うな、俺は寝ようと思って俺の部屋に戻ってきたんだ!!　そうしたら、なぜか……お前がいた!!」

「なぜかじゃないわよ!!　私の部屋だから私がいるの!!　どうせまた道に迷って自分の部屋と勘違《かんちが》いしてるんでしょう!!」

ラディガーはよく道に迷う。初めて会ったときも、従者たちがちょっと目を離した隙《すき》にふらふら出歩いてロザレーナの森に迷《まよ》いこんだのだ。

宮殿《きゅうでん》内でもたびたび行方《ゆくえ》不明になるからコンパスと地図を携帯《けいたい》している。北と南を取り違えるくらいのお粗末《そまつ》な方向感覚でよくもまあ騎士《きし》など名乗れたものだと思うが、ユファエンに騎乗《きじょう》するときは彼がラディガーを道案内するので問題ないそうだ。

「ここがお前の部屋なわけない！　俺はちゃんと自分の部屋だって確認して入ってきたんだ。いくら俺でも他人の寝室に迷いこむなんて間抜《まぬ》けなことは……あ」

ラディガーは壁《かべ》にかけてあるロザレーナの斧槍《ハルバード》を見て固まった。ラディガーも斧槍を持っているが、彼の得物《えもの》は大ぶりの弓矢だ。補助的にしか使わないから、彼の斧槍はロザレーナのものより一回り小さい。またロザレーナの斧槍には持ち手の部分に金文字で名前が彫《ほ》ってあるので、他とは一目で見分けがつく。

「あー……そうか。ここはお前の部屋だったのか……」

ラディガーはばつが悪そうに目をそらした。昼間はきっちりと着込んでいる上着を脱いでおり、クラヴァットも外していて襟元《えりもと》をくつろげている。乱れた銀髪《ぎんぱつ》がランプのほのかな明かりに濡れて艶《つや》っぽく輝いていた。

幼馴染《おさななじみ》の見慣れない姿に妙《みょう》にどぎまぎして、ロザレーナは顔をそむけた。

「あっ、あなた、女の人と会ってきたんでしょう?」

「は?」

「ふん、しらばっくれて。そんないやらしい恰好《かっこう》してるんだから丸分かりよ」

「いやらしい恰好なんかしてないぞ」

自分の身体《からだ》を見下ろした後、ラディガーはロザレーナを見て顔をしかめた。

「いやらしいのはお前だ。何だ、そのはしたない恰好は」

「はしたない? ネグリジェが?」

襟《えり》までボタンを留めているので胸元は開いていない。裾《すそ》だって踝《くるぶし》まである。

「まるで下着じゃないか。慎《つつし》みがないぞ。淑女《しゅくじょ》のつもりなら寝室でもガウンをはおれ」

「あなたね、自分が淑女の寝室に忍《しの》びこんだ変質者だってこと自覚しなさいよ！」

「変質者じゃない！　忍びこんでもない！　これは……不慮《ふりょ》の事故だ！」

「見苦しい言い訳してる暇《ひま》があったらさっさと出てって！　私を襲《おそ》う前に！」

「誰がお前なんか襲うか！　言われなくても出ていくつもりだ！」

とたん、雷光《らいこう》がカーテンの隙間を横切った。ロザレーナは両耳をふさいで突《つ》っ伏《ぷ》した。地面を刺《さ》し貫《つらぬ》くような轟音《ごうおん》が容赦《ようしゃ》なく耳をつんざいて、両肩が大きく震《ふる》える。

「そういえばお前……雷が怖《こわ》いんだったな。猛獣姫《もうじゅうひめ》のくせに」

「べ、別に怖くないわよ！　子どもじゃあるまいし。ただ、あの音が嫌《きら》いで……」

またしても轟音が降ってくる。ロザレーナはシーツの上で縮こまった。

「……あの日もそんなふうに怯《おび》えていたな」

「あの日って？」

ラディガーは答えなかったが、ロザレーナには彼が何を思い出したのか分かった。初恋《はつこい》が破れた仮装舞踏会《かそうぶとうかい》の夜。長い間、ロザレーナは庭園の東屋に隠れていた。夜が更《ふ》けて雨が降ってきた。しまいには雷まで鳴りだして、暗闇《くらやみ》が不穏《ふおん》に光った。

「こんなところにいたのか……ロザレーナ」

東屋に駆《か》けこんできたのはラディガーだった。ラディガーは悪魔《あくま》の扮装をしていた。地獄《じごく》の覇者《はしゃ》として聖典に記されている恐怖公の衣装だ。シャツもクラヴァットも手袋も、襟や袖口《そでぐち》を金糸の刺繍《ししゅう》で縁取《ふちど》った裾の長いフロックコートも、すべて闇《やみ》に溶《と》けこむ漆黒《しっこく》。それらは全部、雨でぐっしょり濡《ぬ》れていた。整えられていた銀髪はすっかり乱れ、黒玉《ジェット》を鎖《くさり》にあしらったモノクルからも水滴《すいてき》が落ちている。

「戻《もど》るぞ。グィード王が卒倒《そっとう》寸前だ」

ラディガーに腕を引っ張られる。ロザレーナは渾身《こんしん》の力で彼の手を振《ふ》り払《はら》った。

「知ってたのね？　知ってたんでしょう？　ハインツ様と叔母《おば》様が恋人同士だって」

ロザレーナは膝の間に顔を埋《うず》めて涙声で尋《たず》ねた。ラディガーを見なくても分かっていた。ハインツの親友である彼が二人の仲を知らないはずがない。

「なんでもっと早く教えてくれなかったのよ！　ハインツ様は私のこと好きじゃないって！　私と結婚するつもりなんかないって！」

「ロザレーナ……」

「私、バカみたいじゃない！　何も知らなくて、こんな恰好して……。なんでハインツ様は私に優しくするの!?　なんで私に勘違いさせるの!?　好きじゃないなら、結婚したくないなら、態度で示してくれなきゃ分からないわよ……!!」

八つ当たりだ。ハインツに言わなければならないことなのに、ラディガーにぶつけてしまう。きっとハインツには何も言えない。彼に嫌われたくないから、苛立《いらだ》ちも悲しみも口にはできない。本心とは反対のことを言ってしまうかもしれない。

ハインツが望むならオクタヴィアと結婚できるように自分からも口添《くちぞ》えすると、二人が幸せになってくれるならそれでいいと——本当はそんなこと思ってないのに。

かといって、彼にオクタヴィアと別れるように言っても虚《むな》しいだけだという気がした。ハインツがオクタヴィアを見る目は、ロザレーナを見る目とは全然違《ちが》う。

彼は本気でオクタヴィアを愛している。無理して結婚しても、彼はオクタヴィアのようにはロザレーナを愛してくれない。その事実を知ってしまった。二人が交《か》わしていた視線と互いを気遣《きづか》う言葉で。もう何もかも手遅《ておく》れだ。この恋は決して実らない。

膝を抱えて泣いていると、ラディガーが隣に腰をおろした。黒絹《くろぎぬ》の手袋を脱いで大理石の壁にもたれかかる。大粒《おおつぶ》の雨が東屋の屋根をひっきりなしに叩《たた》いている。大広間を出てきてどれくらい経《た》ったのだろう。夜はいっこうに明ける気配《けはい》がない。

「泣きたければ泣けばいい。気が済むまで俺が付き合ってやる」

ラディガーはロザレーナの頭を大きな掌《てのひら》で撫《な》でた。まるで弱々しい仔ウサギにそうするように。くしゃくしゃになった髪を撫でられていると妙に落ち着く。

「……私は十三よ。子ども扱《あつか》いしないで」

口では威勢《いせい》のいいことを言いながらも、彼の手を払いのけることはしない。確かなぬくもりが胸にしみた。熱い涙が目尻《めじり》からあふれて花弁《はなびら》のようなドレスを濡らす。

「子ども扱いじゃない。女扱いしてるんだ」

ラディガーは手に持っていたものを軽く振るって水滴を飛ばした。それをロザレーナの頭にそっとのせる。花冠《はなかんむり》だ。走ってくる途中で落としてきたらしい。

「傷ついた女を慰《なぐさ》めてやるのは男の役目だからな」

ロザレーナが視線を上げると、シャドーブルーの瞳《ひとみ》が柔らかく細められた。

「よく似合う。今夜のお前は本物の妖精《ようせい》みたいに綺麗だ」

「……酔《よ》ってるのね」

「だろうな。グィード王に勧められてうまい葡萄酒《ぶどうしゅ》を飲んだ」

嘘だ。ラディガーは酒に弱いが、本人にその自覚があるらしく、公式の場ではあまり飲まないようにしている。特に明日は天獅子騎士団の各部隊が集まって大規模な訓練を行うことになっているから、今夜は一滴《いってき》も飲まないはずだ。

「あなたって、お酒を飲むと人が変わったみたいに優しくなるわね」

膝を抱えたまま、ロザレーナはラディガーを見つめた。十七のラディガーはロザレーナにとって近いような遠いような、どちらともつかない存在だった。

彼はいつの間にかロザレーナよりずっと身長が伸びていたし、声が低くなっていて、腕力《わんりょく》が強くなっていた。対等に取っ組み合っていた少年がいなくなってしまったことに寂《さび》しさを感じつつも、それとは違う感情が胸の中でもやもやしている。

傘《かさ》もささずに迎《むか》えにきてくれた。自分の城の庭園ですら数分で迷子《まいご》になるくせに、異国の庭園を走り回って探してくれた。酔っぱらって優しくなるというのなら、彼はいつだって酔っぱらっている。今夜も泥酔《でいすい》状態だ。

慰めてくれたことにお礼を言おうとした瞬間、稲光《いなびかり》が闇を切り裂《さ》いた。ロザレーナは弾《はじ》かれたようにぱっとラディガーに抱《だ》きついた。直後、雷鳴が響《ひび》き渡《わた》る。

「大丈夫《だいじょうぶ》だ。もうすぐやむ」

ずぶ濡れの悪魔に力強く抱きしめられ、ロザレーナは目を閉じた。彼の衣服は雨水を吸って冷たかったはずなのに、なぜかちっとも寒くなくて、ひどく温かかった。

「あのときみたいに抱いてやろうか?」

ラディガーがからかうようにこちらを見下ろしている。シーツの上で蹲《うずくま》っているロザレーナはムッとして、「いらないわよ」と唇を尖《とが》らせて言い返した。

「だったら、布団《ふとん》でもかぶってろ」

ラディガーは縮こまったロザレーナに布団をかぶせる。彼がおやすみと言い残してベッドからおりようとしたとき、ひときわ苛烈《かれつ》な雷が窓の外で爆《は》ぜた。ロザレーナは反射的に布団から飛び出してラディガーにしがみついた。ラディガーは驚《おどろ》いて身体を強張《こわば》らせたが、すぐに表情を和《やわ》らげてロザレーナの背中に腕を回した。

「安心しろ。雷がおさまるまでそばにいるから」

温かい声音《こわね》が胸にしみこんでいく。衣服越《ご》しに伝わる体温が心地《ここち》いい。

ロザレーナは幼馴染の頼《たの》もしげな肩に顔を埋め、くぐもった声でつぶやいた。

「……ありがとう、ラディガー」

嵐《あらし》の夜に言えなかった大切な言葉が、このときようやく形になった。


翌朝、ロザレーナは目を覚ますなり悲鳴を上げた。同時に隣で寝ていたラディガーをベッドから突き落とす。不意打ちすぎて防御《ぼうぎょ》できなかったのか、ラディガーはどさっと床《ゆか》に転がった。思い切り顔をしかめて、痛そうに頭をさする。

「……っ……朝っぱらから何するんだ、暴力女！」

「あっ、あなたこそ、雷がやんだら出ていくはずじゃなかったの!?」

「お前が俺にしがみついて離れないから出ていけなかったんだぞ!」

「私がそんなことするわけないでしょ！　と、とにかく出てってよ!」

カーテンの隙間《すきま》から差しこむ朝日のせいでネグリジェ姿があらわだ。羞恥《しゅうち》で真《ま》っ赤《か》になった顔も見られたくない。眠《ねむ》たげに欠伸《あくび》をするラディガーも見慣れないからドキドキする。恥《は》ずかしくて堪《たま》らなくて、ロザレーナは布団にくるまった。

「……少しは眠れたのか？」

立ち上がって、ラディガーは気まずそうに目をそらした。ロザレーナが「ぐっすり寝たわ」と答えると、「よかったな」とぶっきらぼうな返答があった。

「……じゃ、じゃあ……朝餐《ちょうさん》のときにね」

布団で身体をすっぽり覆《おお》い隠《かく》して、控《ひか》えめに手を振る。ラディガーがぎこちなく手を振り返してベッドから離れようとしたときだ。突き破るような勢いで寝室のドアが開けられた。どたどたという地鳴りのような足音。闖入者《ちんにゅうしゃ》の正体は明らかだ。

「ロザレーナ！　私の可愛《かわい》いウサギ姫！　昨夜《ゆうべ》は怖かっただろう！　一緒《いっしょ》にいてあげるつもりだったんだが、つい飲みすぎてしまって気づいたら寝て……」

起き抜《ぬ》けにやってきたのだろう、父王はガウン姿だ。褐色《かっしょく》の髪はあちこち飛び跳《は》ねている。父王は琥珀《こはく》色の瞳をぱちぱちさせた。ベッドのそばに立つラディガーと、布団にくるまったロザレーナを交互《こうご》に三度見て、うおおおと雄《お》たけびを上げる。

「ガー君!!　これはいったい……いったいどういうことなんだぁ――――っ!!」

ラディガーの胸倉《むなぐら》をむんずと摑《つか》み、青筋を立ててぎゅうぎゅう絞《し》め上げた。

「君は私に噓《うそ》をついたんだな!!　昨夜はあんなに腹を割って語り合ったのに!!　すべては私を油断させ、ロザレーナにスケベエ行為《こうい》をするための策略だったわけだ!!」

「違います!!　俺はいかがわしいことなんかしてません!!」

「騙《だま》されるものか!!　大噓つきめ!!　なぁにが現役バリバリの童て――」

「ああー!!　その話は別室でしましょう、義父上《ちちうえ》!!」

ラディガーと父王は連れ立って寝室を出ていく。入れ替《か》わりにやってきた女官が窓のカーテンを開けた。まぶしい光が視界に飛びこんできて、目が眩《くら》みそうになる。

「宮廷医《きゅうていい》をお連れしましょうか?」

「え?　宮廷医?　なんで?」

裏返った声で尋ねると、女官が心配そうに眉根《まゆね》を寄せた。

「お顔色が赤いようなので、お風邪《かぜ》でも召《め》されたのではないかと」

ロザレーナははっとして両頰《りょうほお》に触《ふ》れてみた。火傷《やけど》しそうなほど熱い。

「ホントだわ……変ね、風邪ひいたのかしら？」

「――行くわよ、ルコル！」

ロザレーナが純白の鬣《たてがみ》に覆われた太い首を叩くと、ルコルがひらりと空に駆けのぼった。夕刻だ。おいしそうな人参《にんじん》色の空が見渡す限り広がっている。

「生き返るって感じね！　ルコルと一緒に散歩すると疲《つか》れがぱーっと吹き飛ぶの！」

涼しい風にシェルピンクの髪をあおられ、ロザレーナは胸いっぱいに空気を吸った。

今日は新しい衣装の仮縫《かりぬ》いで、早朝から女官たちに囲まれてすごく疲れた。

朝の礼拝用のドレス、大聖堂で着るドレス、パレード用のドレス、祝宴《しゅくえん》でまとう四着のドレス、夜の礼拝用のドレス。各国大使と接見するための数十着、晩餐会《ばんさんかい》や音楽会等、各種催《もよお》しのためのドレスなど、山のように衣装を新調しなければならない。

「そんなにたくさん作らなくても使い回せばいいんじゃないの？」

鏡の前で何時間も拘束されて疲れ果てたロザレーナが何気《なにげ》なく提案したところ、女官長にガミガミと叱《しか》られてしまった。シュザリア帝国《ていこく》の威信《いしん》にかけて、皇太子妃《こうたいしひ》のドレスを使い古しで済ませるわけにはいかないそうだ。仮縫いは明日以降も続くが、今日は何とか解放されたので、気分転換《てんかん》にルコルと散歩にいくことにした。

（……ラディガーも誘《さそ》えばよかったかも……）

そんなことを思ってしまい、ぶんぶんと首を横に振《ふ》った。

（ラディガーなんか知らないわ。ハインツ様のこと、思い出しもしないんだから）

彼は親友じゃなかったと言っていたけれど、そんなことはないと思う。二人は互《たが》いを最も理解していたし、心を通わせていた。

二人の絆《きずな》が帝冠《ていかん》のせいで壊《こわ》れてしまったのだとしたら悲しいことだし、二人の気持ちが遠ざかっていくのを止められなかったロザレーナにも責任の一端《いったん》はある。

ラディガーだって生まれつき非情な人間というわけではない。今は野心に囚《とら》われているとしても、いつかきっと、良心を無視できなくなる日が来るはずだ。もし、そのときが来たら、ロザレーナもラディガーのことを好きになれるかもしれない。

気がつくと、西の空に細い三日月が出ていた。頬を撫でていた夕暮れの風は宵《よい》の口《くち》のそれに変化し、世界は人参色から藍色《あいいろ》に塗《ぬ》り替えられている。

置き手紙をしてこっそり出てきたから、騒《さわ》ぎにならないうちにそろそろ宮殿《きゅうでん》に戻《もど》らなければならない。そう思って手綱《たづな》を引こうとした瞬間、ルコルが白い耳をぴくぴくと動かした。ロザレーナの身体《からだ》に緊張《きんちょう》が走る。

「ヴァイネスを見つけたのね？」

周囲のものを捕食《ほしょく》して成長する化け物、黒い沼《ヴァイネス》は気配《けはい》を殺して獲物《えもの》に近づくため、気づいたときにはすでに影《かげ》の手に掴まれているということが往々にしてある。

人間も動物もヴァイネスの接近を察知するのが遅れてしまうのだ。

しかし、ユファエンは違《ちが》う。彼らの耳は、ヴァイネスが沼《ぬま》の中からのそりと影の手を伸ばすごくわずかな音を拾うことができる。ヴァイネスとの戦いにユファエンが用いられるのは、彼らが他のどの生物よりもヴァイネスの気配に敏感《びんかん》だからだ。

ロザレーナは担《かつ》いでいる斧槍の柄《つか》を握《にぎ》りしめ、ルコルに問いかけた。

「どこなの？　この近く？」

眼下には歪《いびつ》な形の湖を囲むようにして森が広がっていた。鬱蒼《うっそう》と茂《しげ》った木々がほのかな月光に照らされ、ざわざわと夜風に揺《ゆ》れている。ヴァイネスが活動するのは夜だけ。発生する場所は森に限らないが、この時間なら動き出していても不思議ではない。

「まだ小さいのかしら……」

ルコルは森の上空を旋回《せんかい》している。ヴァイネスの気配の出所を探すことに意識を集中させているのが分かる。ヴァイネスは獲物を捕食しながら黒い水面をだんだん広げていくが、初期段階では単なる小さい沼だから位置を特定するのは難しい。

地上におりて探してみようか。初期のものなら、斧槍の先端《せんたん》で心臓を突《つ》き刺《さ》せば、矢がなくてもヴァイネスを始末できる。ルコルを降下させようとしたとき、ひくひく動いていた白い耳がぴんと立った。ルコルは湖の方角に向かって急降下し始める。

次の瞬間、ルコルの視線の先から甲高《かんだか》い悲鳴が上がった。

「……急いで！」

ルコルの背中に添うように、ロザレーナは上半身を前に倒した。ドレスの裾《すそ》がはためき、荒々《あらあら》しい風がシェルピンクの髪を弄《もてあそ》ぶ。悲鳴は一度だけでなく、繰《く》り返し上がった。女性と子どもの声だ。どちらも痛々《いたいた》しくロザレーナの耳に突き刺さる。

ものの十数秒で、ルコルは湖の西側の上空まで迫《せま》った。でたらめに線を引いたように複雑な輪郭《りんかく》の湖は水際ぎりぎりまで樹木が茂っていて視界が悪い。

（あれだわ！）

湖面を抉《えぐ》ったような形の岸辺。薄暗いから分かりにくいが、その岸辺だけが不自然に真っ黒だ。そして中心の一点だけ異様に赤い。ヴァイネスの心臓だ。

「……母様……！」

七つか八つの少女が黒い水面から伸びた影の手に足を掴まれ、ずるずると地面を引きずられている。少女は影の手を蹴飛《けと》ばそうとして足をじたばたさせているが、影の手がもう一本ぬっと伸びてきて暴れる細い足を掴む。恐怖で歪《ゆが》んだ瞳《ひとみ》が見つめる先には若い女性がいた。女性もまた影の手に足を掴まれて引きずられている。

近くに住む母娘《おやこ》だろうか。森で暮らす人々は森の恐《おそ》ろしさをよく知っているから、陽《ひ》が落ちてからはあまり出歩かないものだが……。

もしかしたら、家の近くから影の手が引きずってきたのかもしれない。

ヴァイネスは植物や動物も食べるが、とりわけ人を好む。小規模のヴァイネスは家屋ごと捕食したり、家屋を壊して人をさらったりするような力はない。だが、家のそばで待《ま》ち伏《ぶ》せして外に出てきた人間を捕《つか》まえた例はいくつも報告されている。

「……エルザ！　エルザ……！」

母親は娘へと力いっぱい手を伸ばすが、到底《とうてい》届かない。引きずられているせいで身体は傷だらけだ。悲痛な叫《さけ》び声に顔をしかめ、ロザレーナはルコルの手綱を左へ引っ張った。ヴァイネスの上空を飛んで少女の足を掴んでいる影の手に斧槍を振るう。

影の手を切るときの手応《てごた》えは不思議だ。

初めは木の幹を切ったような衝撃《しょうげき》を受ける。次にガラスを叩《たた》き割ったような感覚に襲《おそ》われ、水面に刃《やいば》を打ちこんだみたいに刃が一瞬重くなる。最後には空気を切ったように軽やかな手応えが残る。影の手を二本まとめて叩き切った直後、ロザレーナは地面に飛び降りて少女を抱《だ》き起こした。

「……母様が！　母様を助けて……！」

少女はすぐさま母親に駆《か》け寄ろうとした。ロザレーナは彼女を抱《かか》えて茂みの後ろへ連れていく。小さな手に、ドレスの隠しから引っ張り出した鈍色《にびいろ》の小石を握らせた。

「お母様は私が助けるからここを動かないで」

リート石の原石だ。月光を浴びて銀砂をまぶしたようにきらきら光っている。リート石はヴァイネス専用の武器に使われる特殊《とくしゅ》な鉱物である。数個持っていれば、銀砂のようなきらめきが続く限り、影の手を防ぐことができる。

ロザレーナは少女を置いてルコルに飛び乗った。合図をするまでもなく、ルコルはヴァイネスに向かって全速力で駆け出す。右耳の耳飾《みみかざ》りがうるさいくらいに鳴った。

ヴァイネスは武器を持った者を真っ先に攻撃《こうげき》する。武器を持たない非力な人間を取り込むより、攻撃能力のある騎士《きし》を捕食するほうが彼らの精気を強くするからだ。

ロザレーナが黒い水面に引きずりこまれそうになっている母親に近づこうとすると、何本もの影の手が襲い掛《か》かってきた。ロザレーナは鞍上《あんじょう》で休みなく斧槍を振り回し、それらを切り落としていく。戦闘《せんとう》ではユファエンと騎手《きしゅ》が一体になる必要がある。鞍上の揺れすらも反動に使って斧槍を振るう。

母親は水辺の岩にしがみついて、かろうじて踏《ふ》みとどまっていた。しかし、影の手は彼女の両足に絡《から》まり、ヴァイネスの本体は目前まで迫っている。時間がない。

右耳の耳飾りが騒ぐのを聞きながら、ロザレーナは左側から岩に回りこんだ。母親の両足が黒い水面に引きずりこまれる直前、彼女の足を摑んだ影の手を断ち切る。

黒い縄《なわ》を使った訓練の成果だ。訓練の際は縄を括《くく》りつけた持ち手のそばで切るほうが、評価が高い。ヴァイネスの本体に引きずりこまれようとしている人の身体を傷つけることを恐れて、ここぞというときに斧槍を振るわない騎士がいるからだ。

迷っていたら助けられるものも助けられない。わずかなためらいが命取りになる。

「早く！　摑まって！」

ロザレーナは鞍上から母親に手を伸ばした。母親は我に返ったように身体を起こし、ロザレーナの手に摑まる。彼女をルコルの上に引き上げた直後、母親の足を再び摑もうとして影の手が伸びてきた。それを薙《な》ぎ払《はら》い、森の中に向かってルコルを疾走《しっそう》させる。青い実の生《な》る茂みの陰《かげ》に駆けこむと、隠《かく》れていた少女が飛び出してきた。

「……母様……！」

少女はルコルからおりた母親に駆け寄った。二人とも影の手に摑まれていた部分の皮膚《ひふ》がうっすら黒くなっている。ロザレーナは鞍に括りつけてある小袋を解いた。

「家はこの近く？」

「は、はい……すぐそこに」

娘をしっかりと抱きしめた母親が慌《あわ》てたふうにロザレーナを振り返った。

「じゃあ、これを持って家の中に隠れて。ヴァイネスの毒はそれだけリート石があれば数日で抜《ぬ》けるわ。夜が明けるまで、絶対外に出ないで」

ロザレーナはリート石が詰《つ》まった小袋を母親に渡した。ヴァイネスには毒性があり、影の手に触れられただけでも身体に害がある。ヴァイネスの毒を抜くには、薬草ではなく、リート石を使う。砕《くだ》いて水に溶《と》かし、患部《かんぶ》に塗りつけるのが一般的だが、黒く変色した皮膚にリート石を押し当てるだけでも効果はある。

「……お姉さんは？　隠れないの？」

少女が涙《なみだ》で濡《ぬ》れた顔をこちらに向けた。ロザレーナは彼女に微笑《ほほえ》みかけた。

「私は大丈夫よ。応援《おうえん》を呼ぶから。さあ、早く行って。ここは危ないわ」

ロザレーナが急《せ》かすと母親は少女を連れて暗がりへ駆けていった。

もともと影の手は本体から離れれば離れるほど動きが鈍《にぶ》くなり、力も弱くなる。母娘が朝まで家の中に隠れていれば、再び襲われることはないはずだ。

ヴァイネスはおとなしくなったようだ。影の手を切り落とされるたびに力を削《そ》がれる。ただし、一気に一定数切らなければならない。切る数が少なければかえって本体を刺激《しげき》し、影の手の動きが活発化する。本来なら複数の騎士が多方面から同時に攻撃するのだ。よほど規模が小さいものでない限り、単騎《たんき》での攻撃は危険が多い。

(思ったより大きいわ……一人じゃ無理ね)

やや乱れた呼吸を整え、ルコルの手綱に結びつけている呼び笛を吹いた。

夜空に突き刺さるような高い音が静まり返った森に吸いこまれて消える。

ヴァイネスを発見したら呼び笛で知らせるのが決まりだ。近くにいる天獅子騎士団の騎士が呼び笛の警告に気づくと、そこからさらに呼び笛を吹いて周囲の騎士に知らせてくれる。ヴァイネスに気づいた時点で吹くべきだったのだ。小規模のものだろうと踏んでいたから、母娘を助けることを優先してしまい、連絡が遅れた。

ロザレーナはリート石が詰まった小袋をもう一つ解いた。

ヴァイネスの周辺にリート石をまいて、一時的に影の手が動き回る範囲《はんい》を狭《せば》める。

これはヴァイネスとの戦闘で最初に取られる措置《そち》だ。

行動範囲を狭めた分、リート石の囲いの内側では影の手の力が増幅《ぞうふく》してしまうので、騎士の数が少ないと攻撃しにくくなるが、今の状況下《じょうきょうか》では最善策だろう。

視界が悪く、武器を持つ者がロザレーナ一人しかいないため、周辺の民家に近づく影の手を全部始末するのは不可能だ。あの母娘以外の怪我人《けがにん》を出さないために、ここで影の手を封《ふう》じておかなくては。

ロザレーナはルコルを歩かせて慎重《しんちょう》に岸辺へ近づいた。黒い水面と地面の境目から人間の身長分くらい距離をあけてリート石をまく。

通常は影の手を防ぐ騎士と、リート石をまく騎士とで最低二人は必要になる作業だけれど、一人しかいないのだから仕方ない。いつ影の手が襲ってくるか分からないから気を抜けない。斧槍をしっかり握っておく。

地面側が終われば、湖側にも同様にリート石をまく。こちらはゆっくり飛行しながらだ。リート石は湖底に沈《しず》んでいくが、影の手を防御《ぼうぎょ》する力には影響《えいきょう》しない。

あと少しでリート石の囲いが完成するというまさにその瞬間。左方から影の手が二本飛び出してきた。ロザレーナはすかさず斧槍を振《ふ》るう。二本を同時に断ち切り、左足でルコルの腹部を蹴《け》って上昇《じょうしょう》した。影の手は執拗《しつよう》に追いかけてくる。

（ずいぶん余力があるのね……）

影の手はこれまでに数えきれないほど切り落としたが、力を殺《そ》ぐには足りなかったのか。リート石で行動を制限したせいで勢いが増しているのか……。

ヴァイネスはひっきりなしに影の手で攻撃を仕掛《しか》けてくる。ロザレーナは斧槍を振り回し、数本まとめて切り払っていくが、何しろ数が多すぎた。

切り損ねた影《かげ》の手に斧槍の柄《つか》を摑《つか》まれた。振り払おうとした刹那《せつな》、前方から伸びてきた影の手に右腕を摑まれる。影の手はぞっとするほど冷たい。しかも雪や氷のような冷たさではなく、底なし沼《ぬま》の水のようなねっとりとした薄気味の悪い冷たさだ。

ふっと鞍から身体が浮《う》いた。血の気が引く。高速で上昇するルコルから振り落とされ、ロザレーナは真っ逆さまに落下した。風が髪やドレスを荒《あら》っぽくなぶる。

影の手に引っ張られて斧槍を手放してしまった。下に待ち受けているのは漆黒《しっこく》の水面――ヴァイネスの本体だ。右腕には影の手がじわじわと巻きついてくる。

骨が軋《きし》むくらいに締《し》め上げられて、ロザレーナは痛みにうめいた。

主人が鞍上から消えたことにルコルが気づいた。即座《そくざ》に引き返して急降下してくる。

(だめだわ……！　間に合わない！)

影の手が四方から伸びてきて頭上を覆《おお》った。その数はあまりに多く、視界が真っ黒になるほどだ。夜空で輝く三日月さえ見えなくなって、ロザレーナは覚悟《かくご》を決めた。

(本体にのみこまれても三日の間にヴァイネスを射殺してもらえば出てこられるわ。さっきの呼び笛で近くの部隊が異変に気づいたはずだし、ルコルが――)

ルコルがロザレーナを呼ぶように咆哮《ほうこう》する。ロザレーナは大声で叫んだ。

「宮殿《きゅうでん》へ戻《もど》って、ルコル！　助けを呼んで――」

目を見張った。完全な闇《やみ》になりかけていた視界が突如《とつじょ》、切り開かれたのだ。

空を切る乾《かわ》いた音の後でにわかに辺りが明るくなった。目に飛びこんできたのは、月光に浮かび上がる純白の獅子《しし》。ルコルかと思ったが違《ちが》う。手綱《たづな》に巻きつけられている銀の鎖《くさり》は天獅子騎士団の副総長が騎乗《きじょう》するユファエンにのみ許された装飾品《そうしょくひん》だ。

「……ラディガー！」

ロザレーナが思わず彼の名前を呼んだとき、ラディガーは鞍上で長弓《ちょうきゅう》に矢をつがえた。いったいいつ斧槍を鞍に括りつけたのか分からなかった。視界を覆い尽《つ》くしていた無数の影の手を斧槍で薙ぎ払ったのは、彼に違いないのに。

ラディガーに襲い掛かる影の手を、もう一頭のユファエンに騎乗した騎士が旋回《せんかい》しながら切り払っている。天獅子騎士団でラディガーの補佐《ほさ》をするヨゼロッソ侯爵《こうしゃく》ギルノーツだ。普段は美女と戯《たわむ》れてばかりいる優男《やさおとこ》だが、斧槍を振り回す手つきに無駄《むだ》はない。迅速《じんそく》な動きなのにどこか踊《おど》るように見えるのは彼の性格のせいだろうか。

ギルの働きで視界が開けたそのとき、ラディガーは矢羽根から手を離した。

リート石で作られた鋭い鏃《やじり》が狙《ねら》うのはヴァイネスの心臓。そんなことは当然分かっているのに、ロザレーナはまるで自分が射殺されるかのような錯覚《さっかく》に陥《おちい》った。

ラディガーが狙いを定めたヴァイネスの心臓は、落下するロザレーナの真下にあるのだ。呼吸をする間もない。鏃は恐《おそ》ろしいほどの速さで空を切り裂《さ》き、こちらへ向かって飛んでくる。尖端《せんたん》が風を貫《つらぬ》く音がだんだん近くなり、距離は瞬《また》く間《ま》に縮まる。

鏃はロザレーナの右耳のすぐそばを突風《とっぷう》のごとく行き過ぎた。長い長い一瞬間だった。矢が水面に突《つ》き刺《さ》さった後で、この世のものとも思えないような獣《けもの》の絶叫《ぜっきょう》が森中に響《ひび》き渡《わた》った。地響きを伴《ともな》うそれはヴァイネスの断末魔《だんまつま》の叫《さけ》びだ。

轟音《ごうおん》に驚《おどろ》いて首をすくめる。右腕に巻きついていた影の手は煙のように消えた。しかし、落下する速度は変わらない。ヴァイネスが消滅《しょうめつ》すれば下は湖面だ。ロザレーナは上空に左手を伸ばした。頭上にラディガーはいない。彼の名前を呼ぼうとした直後、右方から回りこんできたラディガーが片腕でロザレーナの身体《からだ》をさらった。

勢いを削がずにぐっと高度を上げる。力強く鞍上に引き上げられ、ロザレーナはいつの間にか閉じていた目を開けた。二つの瞳《ひとみ》に不機嫌《ふきげん》そうな銀髪《ぎんぱつ》の騎士が映る。三日月の光が彼の髪をきらきら輝《かがや》かせていて綺麗《きれい》だと状況に似合わないことを思った。

「言いたいことは山ほどあるが、治療《ちりょう》が先だ。このまま宮殿に戻るぞ」

ラディガーは忌々《いまいま》しそうにロザレーナを睨《にら》んだ。ロザレーナは彼の腕に摑まろうとして右腕が麻痺《まひ》していることに気づいた。残った左手で彼の衣服を摑む。

「さっき、この近くに住んでる母娘《おやこ》を助けたの……影の手で怪我をしてたわ。リート石を持たせて家に帰したけど、心配だから……」

ラディガーがうなずくのを見たとたん、力なく彼の胸にもたれかかった。疲れていた。確かなぬくもりに包まれながら、この腕の中にいれば安全だという気がした。

第4章　恋《こい》とはどんなものかしら

初恋が破れた仮装舞踏会《かそうぶとうかい》から三か月後の朗らかな日。ロザレーナはルコルに乗ってメディーセ大公国に赴《おもむ》き、ハインツの居城を訪ねた。事前に訪問を知らせていたので、ハインツはグラジオラスの咲《さ》く庭園にお茶の用意をしてくれていた。

彼は甘い物に目がない。各国のパティシエを雇《やと》い、いろんな種類のトルテやクーヘンを日替《ひが》わりで楽しんでいる。ハインツが勧《すす》めてくれるお菓子《かし》は見た目も可愛《かわい》らしく、おいしいのだけれど、ロザレーナの好みより少々甘《あま》みが強い。

「私がハインツ様にふさわしくない婚約者になれば婚約を破棄《はき》できるんじゃない？」

ロザレーナは雪色のクリームがたっぷりのったモモのトルテを一口食べた。赤いモモをふんだんに使ったこのトルテはシュザリア帝国《ていこく》に従属する北方の小国、ネージュ侯国《こうこく》の有名なお菓子だ。近頃《ちかごろ》、ハインツはネージュ侯国のお菓子がお気に入りだ。かの国のパティシエの仕事ぶりはまるで魔法《まほう》だとハインツは自慢《じまん》げに語っていた。

舌が溶けるような濃《こ》く甘いクリーム。一口食べただけで満腹になりそうだ。頭の芯《しん》が痺《しび》れるような強すぎる甘さに眩暈《めまい》を感じつつ、ロザレーナは言葉を探した。

「例えば、私が家出して帰ってこないってのはどう？　駆《か》け落ちしたとか……お、男の人をとっかえひっかえしてるとか。すっごく年上の人を好きになってその人の城に入り浸ってるってのも考えてみたの。あとは……こ、子どもを孕《はら》んじゃったとか」

ミルク入りの紅茶をごくごく飲んで、向かいの席にいるハインツを見る。

「もちろん、その……そういうふりをするだけだけど。事実かどうかは別として、醜《しゅう》聞《ぶん》だらけの身持ちが悪い王女なんて大公子殿下《でんか》の花嫁にはふさわしくないわよね？要するに、私がふしだらな姫になれば、婚約が解消されてもおかしくないと――」

「ロザレーナ……。君は私を恨まないのかい」

純粋《じゅんすい》な問いだった。そして残酷《ざんこく》な問いかけだ。ロザレーナは首を横に振った。

「私、ハインツ様のことも叔母《おば》様のことも大好きなの。あのときは驚いたけど……二人には幸せになって欲しいって今は思ってるわ。でも、マーツェル王国の重臣たちが婚約解消に納得《なっとく》しないでしょ？　だから、何か理由が必要で……」

考えに考えた提案だ。ハインツを引き止めることができないならせめて、彼に嫌《きら》われないように賢《かしこ》く立ち回りたい。たとえそれが本心に反することでも。

「気持ちは嬉《うれ》しいけど、君を悪者にはできないよ」

ハインツはエメラルドのような瞳で困ったように微笑《ほほえ》んだ。

ロザレーナは彼の微笑みが好きだったが、件《くだん》の夜以来、怖《こわ》くなった。この柔和《にゅうわ》な微笑《びしょう》の裏に彼はいったい何を隠《かく》しているのだろうかと不安になってしまう。

「私は君をあんなに傷つけたのに……君は本当に優しいんだね」

落ち着いた声音《こわね》に紡《つむ》がれた言葉がナイフのように心を引き裂いた。

「私ね、気づいたの。ハインツ様のこと、お兄様みたいに好きだったんだって。お兄様を慕《した》う気持ちを恋だって勘違《かんちが》いしたのね。だって、恋って胸がときめく言葉じゃない？　もう、こんなだから子ども扱《あつか》いされるのよね。物語の読みすぎだわ」

傷ついた心を隠すために、ロザレーナは不自然なほど明るく笑った。

「でも、やっぱり恋は好きよ。これは秘密だけど、今は別の人に夢中なの」

「別の人？　ラディガーかい？」

「まさか。全然違うわ。もっと素敵《すてき》な人がいるのよ。あっ、名前は聞かないで。その人にはまだ好きってこと伝えてないの。伝えるかどうか悩んでるところよ」

ロザレーナは甘すぎるモモのトルテをぱくぱく食べながら、存在しない新しい想《おも》い人のことをぺらぺら話した。数秒すら黙《だま》っていられなかった。面白おかしい話でもして、無理にでも笑っていないと、気を抜けば泣き出してしまいそうだったから。

「今日はありがとう——ロザレーナ」

別れ際《ぎわ》、ハインツはロザレーナの額にそっとキスしてくれた。額に触《ふ》れたぬくもりが痛かった。欲しいのはこんなキスじゃない。オクタヴィアにしていたような唇へのキスだ。泣《な》き叫びたいのを必死で堪《こら》えて、ロザレーナは懸命《けんめい》に笑顔を作った。

「またおいしいお菓子を食べさせてね。今度は叔母様も一緒《いっしょ》に」

ハインツの居城が見えなくなった頃、倒れるようにルコルの背に突っ伏《ぷ》した。柔らかい鬣《たてがみ》に顔を埋《うず》めれば、こみ上げてくる感情を堪えきれなくなる。兄のように慕っていたわけではない。淡い憧《あこが》れなんかじゃない。本当にハインツのことが好きだった。涙《なみだ》が流れれば流れるほど、舌に残ったクリームの余韻《よいん》が苦みに変わっていく。しゃくり上げて泣きながら、ロザレーナはルコルに抱《だ》きついた。恋が甘いものだなんてどうして思ったのだろう。苦くて痛くて、胸を抉《えぐ》られるように辛《つら》いものなのに――。

ロザレーナが瞼《まぶた》を開けると、枕元《まくらもと》でうなだれていた父王がぱああと笑顔になった。

「神に祈《いの》りが通じたぞ！　とうとう目を覚ましたんだな、私のウサギ姫！」

よかったよかった、と父王は涙目でこちらを見下ろしている。ロザレーナは寝ぼけ眼《まなこ》で周囲を見回し、ここが宮殿にあてがわれた自分の寝室であることを理解した。

「気分はどうだ？　どこか痛いところや、苦しいところはないか？」

「……ないわ。ただ……なんとなくだるいだけ」

胸の疼痛《とうつう》は夢の名残《なごり》だろう。またハインツのことを思い出してしまった。幼い恋とはとっくに決別したはずなのに。未練がましい自分がいやになる。

父王が起き上がるのを手伝ってくれた。女官が持ってきてくれたほんのり甘いハーブティーを飲む。温かい甘みが喉《のど》を滑《すべ》っていくのを感じ、少しほっとした。

「惜《お》しかったな。ガー君もついさっきまでいてくれたんだが」

「……ラディガーが？　きっと私を怒鳴《どな》りつけるためね」

ロザレーナは空のカップを女官に返して、ふうと溜息《ためいき》をついた。

「軽率だったわ……。護衛もつけずに出かけるなんて。すぐに帰るつもりだったんだけど……ヴァイネスを見つけたから……」

マーツェル王国でも「王女が一人でふらふら出歩くものではない」とよく重臣たちに叱《しか》られていたが、腕《うで》っぷしには自信があったからいつものお小言《こごと》だと聞き流していたのだ。だが、たった一人でヴァイネスを相手にしてみて実感した。

自分で思っているほど、ロザレーナは強くも賢くもない。あの母娘を助けることができたのは偶然《ぐうぜん》だ。もし、ロザレーナがヴァイネスにのみこまれて命を落としていたら、彼女たちが非難されただろう。せっかくまとまった皇太子の結婚がご破算になって、シュザリア帝国にもマーツェル王国にも混乱が起きただろう。

その程度の配慮《はいりょ》すらできなかったという事実が心を重くする。

「お前はもうじき皇太子妃《こうたいしひ》になるんだから、自覚を持たなければならないな」

父王に頭を撫《な》でられ、ロザレーナはうつむいた。右耳の耳飾《みみかざ》りがかすかに揺《ゆ》れる。

「……私、初めて分かった気がするわ。ヴァイネスにのみこまれるとき、ハインツ様がどんな気持ちだったか」

三日以内にラディガー率いるフィベルデ部隊がヴァイネスを片付けてくれれば命は助かる。三年前、黒い水面にのみこまれながら、ハインツは希望をつないだに違《ちが》いない。けれど、望みは打ち砕《くだ》かれた。ラディガーは従兄《いとこ》を故意に助けなかったのだ。

「ラディガーにだっていいところもあるわ。私を助けてくれた……。そのことには感謝してる。でも……どうしても受け入れられないところがあるの」

うなだれたまま、ロザレーナは両手で布団《ふとん》を握《にぎ》りしめた。

「ラディガーなら助けられたはずよ。たった一本の矢でヴァイネスを仕留められた。なのに……皇太子の位《くらい》を手に入れるために親友を裏切るなんて……」

射手としてのラディガーの腕前《うでまえ》は文句のつけようがないほどだ。ロザレーナにかすりもせずに、一本の矢でヴァイネスの心臓を射貫《いぬ》いた。惚《ほ》れ惚《ぼ》れするほどの技量を見せつけられて、ロザレーナは自分が心臓を鏃《やじり》で打ち砕かれたみたいに苦しかった。

ラディガーならハインツを助けられた。けれど、彼はそうしなかった。

武器がまったくなかったという公式の記録についても疑問はあるが、それ以上に、ラディガーがハインツをわざと助けなかったと言ったことが棘《とげ》のように胸に引っかかっている。

力を尽《つ》くしたのに、技量が及《およ》ばず助けられなかったのなら仕方ない。悲しいし、悔《くや》しいけれど、不幸はときに容赦《ようしゃ》なく襲《おそ》ってくる。ロザレーナの母が亡《な》くなったのだって、誰が悪いわけではない。それが運命だったのだと受け入れるしかない。

だが、能力が十分あったのに見捨てたのだとしたら、ロザレーナはラディガーを許せない。ハインツに恋《こい》していたからというだけでなく、人として受け入れがたいのだ。

彼は友情を捨てて野心を選んだ。そんな彼が向けてくれる好意を素直《すなお》に受け取っていいのだろうか。ラディガーはロザレーナにも同じことをするかもしれない。旗色が変わってマーツェル王国とシュザリア帝国の利害が合わなくなったら、ロザレーナを見限ってさっさと新しい妃《きさき》を迎《むか》えるかもしれない。

分岐《ぶんき》点はいくらでもある。もし、ロザレーナが女子しか産めなかったら？　なかなか懐妊《かいにん》しなかったら？　彼が望むような妃になれなかったら？　不安ばかりが生じるからこそ、ラディガーが宮廷舞踏会《きゅうていぶとうかい》の夜に囁《ささや》いた好きだという言葉を信用できない。

「結婚のことは……納得してるわ。もう決まったことだもの。だけど、私……怖いのよ。ラディガーのことが……。優しくされて、信じて……好きになって、もし裏切られたら……ハインツ様みたいに見捨てられたらって思うと……怖いの」

親友にしか見えなかったのに、ラディガーはハインツを親友だと思ったことはないと言い切った。ならば彼がロザレーナに告白した「ずっと好きだった」という言葉はどこまでが真実なのだろう。信じていいのだろうか。嘘《うそ》ではないのだろうか。

ラディガーがもっといやなやつならよかった。いいところが一つもなくて、憎《にく》しみしか抱《いだ》けない相手だったら、怖がることなんか何もなかったのに……。

「ロザレーナ……お前に話さなければならないことがある」

父王は静かな声音でそう切り出した。ためらうように目を伏《ふ》せる。

「ガー君に口止めされていたんだが……これ以上は黙っていられない」

ロザレーナが顔を上げると、父王は言いにくそうに重い口を開いた。

「三年前、ガー君がわざとハイ君を助けなかった。お前はそう思っているな」

「思ってるんじゃなくて、それが事実でしょ。現場に到着したとき、矢が一本もなかったってラディガーが言ってたわ」

「矢が一本もなかったというのは事実じゃない。ハイ君の部隊と合流したとき、私たちには武器の余剰《よじょう》があった」

父王は長兄とともにマーツェルの精鋭《せいえい》を連れ、ラディガー率いるフィベルデ部隊と同行していた。ロザレーナもついていきたかったが、父王に説得されて母国に残った。

「じゃあ……武器があったのに助けなかったの？」

「いや。私たちの斧槍《ハルバード》や弓矢は夜までに焼けて使えなくなっていたんだ」

ヴァイネス専用の矢や斧槍は鏃や刃《は》の部分がリート石で作られている。リート石のみが影《かげ》の手を断ち切ることができ、ヴァイネスの心臓を射貫くことができるからだ。

しかし、リート石の力は万能ではない。表面にある銀砂をまぶしたような光彩《こうさい》が消えてしまうと、何の力もないただの石になる。

光彩が消える原因は二つだ。一つは戦闘《せんとう》での消耗《しょうもう》。たいてい一晩でだめになるので、その都度《つど》、取りかえねばならない。二つ目は火。炎にあてるとリート石の光彩が消えてしまう。鏃や刃を作るためにリート石を溶《と》かす際は、リート石そのものが炎に触れないよう重々注意しなければならない。

「焼けた……？　火事でも起こったの？」

「武器をしまっておいた天幕が放火されたんだ」

「放火って……。……誰!?　誰がそんなひどいことしたの!?」

ロザレーナは声を荒《あら》らげて父王に詰《つ》め寄った。ヴァイネスが目の前にいるのに大事な武器を燃やすなんて最悪の愚行《ぐこう》だ。いったい誰が何の目的で――。

「お前の婚約者だよ、ロザレーナ」

「ラディガー？　……やっぱり、皇太子になるためにハインツ様を――」

「ガー君とお前が婚約《こんやく》したのはつい最近だ。三年前、お前の婚約者だったのは……」

ロザレーナは凍《こお》りついた。言葉が出ない。視線が泳ぎ、身体《からだ》中の血がざわめく。

「お父様……なに、言ってるの……？　ハインツ様がそんなことするわけないわ」

「ハイ君は手柄《てがら》を独《ひと》り占《じ》めしたかったんだ。だから、ガー君を戦闘に参加させないために武器を使えないようにした。信じられないだろうが、これが真実だ」

父王は苦しげに溜息をもらす。ロザレーナは大声で言い返した。

「手柄を独り占めするため？　それこそありえないわよ！　ハインツ様は武功を独り占めするような人じゃないもの！」

「彼にはそうしなければならない理由があったんだ」

なだめるようにロザレーナの手を握り、父王は下を向いた。

「あの頃《ころ》、ハイ君とガー君のどちらが皇太子に選ばれるかで帝国《ていこく》は二分していたな。

しかし、実はほとんど決まっていたようなものだったんだ。皇帝陛下《こうていへいか》はとても迷っていらっしゃったが、ガー君に決めようと思うと話していらっしゃった」

「どうしてラディガーなの？　ハインツ様だって騎士《きし》として活躍《かつやく》してたし……」

「古くからの決まりで皇太子妃は未婚《みこん》の娘でなければならない。だが、ハイ君はお前との婚約を破棄《はき》して、セスティアン公爵《こうしゃく》未亡人と結婚しようとしていた」

ハインツもオクタヴィアも高貴な身の上だ。事は単なる恋愛問題ではない。

ロザレーナとの婚約を解消して、セスティアン公爵の寡婦《かふ》オクタヴィアと結婚すれば、ハインツは皇太子の椅子《いす》から永遠に遠ざかることになる。息子を帝国の後継者《こうけいしゃ》にしたいメディーセ大公にとっては大きな誤算だ。そしてこの時点ですでに、ハインツとオクタヴィアの道ならぬ恋は帝国中の語り草になっていた。

「……ハインツ様は皇太子の位より叔母《おば》様との結婚を望んでたわ」

ジャスミンの庭園で見た光景が蘇《よみがえ》り、胸がズキズキと痛んだ。彼は誰に恨《うら》まれてもオクタヴィアと結ばれたいと言っていた。皇太子になれないことが彼を迷わせたとは思えない。ハインツなら地位も名誉《めいよ》も捨てて愛《いと》しい恋人を選んだはずだ。

「……これは絶対にお前に知らせないようガー君に言われていたんだが、お前はもう子どもではないから事実を知るべきだと思う」

父王の険しい表情から、それがロザレーナを傷つけるものであることは明白だ。耳をふさぎたい衝動《しょうどう》に駆《か》られつつも、ロザレーナは淡々《たんたん》と先を促《うなが》した。

「……話して。どんなことでも驚《おどろ》かないわ。ハインツ様と叔母様が愛し合ってるって知ったときみたいには……」

シェルピンクの髪が垂れて視界を悪くする。もう二度と恋なんかしたくない。こんなふうに胸が張り裂《さ》けそうな思いをするのなら、こんなに痛いのなら――恋なんていらない。沈黙が続いた。父王は溜息まじりにその事実を告げた。

「ハイ君は……セスティアン公爵未亡人と秘密裏に結婚していたんだ。ネージュ侯国《こうこく》の田舎《いなか》の教会で……村の神父が二人だけの婚礼《こんれい》を取り仕切ったそうだ」

ロザレーナは力なく布団に突《つ》っ伏《ぷ》した。ネージュ侯国。ハインツが好きな甘すぎるお菓子《かし》を作るパティシエはかの国の出身だったはずだ。

「いつ……？　私がいくつのとき？」

「十四になる頃だ。その一報を聞いたときは、私もさすがに腹を立てた。ハイ君の気持ちは分かっていたつもりだったが、それならお前の気持ちはどうなるのかと……」

激情を抑《おさ》えた口ぶりで答え、父王は長く息をついた。

「ハイ君としても苦渋《くじゅう》の選択《せんたく》だったようだ。メディーセ大公は言うまでもなく、両国の重臣たちが婚約破棄に猛反対《もうはんたい》していたからな。誰もがハイ君の言い分を聞かなかった。私自身、態度を決めかねていた。お前のことを思うと、すんなり受け入れることなどできなかった。怒《いか》りを抑えるので手一杯《ていっぱい》だったんだ」

八方ふさがりになり、二人には非難が集中した。追《お》い詰められたハインツは、自分たちの仲を認めさせるために結婚の事実を優先させたのだろうと、父王は話す。

ロザレーナと婚約したままでオクタヴィアと結婚することはできない。神父が立ち会ったとしても彼らの婚姻《こんいん》は無効だ。けれど、たとえ仮のものでも式を挙げた後でオクタヴィアが懐妊すれば状況は変わる。彼女が宿した子どもはハインツの子ということになり、二人には婚姻関係があるとみなされるのだ。

オクタヴィアは懐妊していたのだろうか。知るのが怖《こわ》くて尋《たず》ねられない。

「メディーセ大公は激怒《げきど》して、セスティアン公爵未亡人の兄であるワーリャ公に抗議《こうぎ》した。セスティアン公爵未亡人がハイ君を誑《たぶら》かしたと口汚《くちぎたな》く罵《ののし》ったんだ。ワーリャ公はワーリャ公で黙っていなかった。婚約者がいる身で寡婦と結婚する不実なハイ君が騒動《そうどう》の原因だとやり返した」

ロザレーナの母国マーツェル王国も含《ふく》め、騒《さわ》ぎは三国に及び、周辺諸国にも波及《はきゅう》し始めた。そこで皇帝アルフォンス五世が仲裁に入ることにしたという。

「皇帝陛下はハイ君の言い分にも耳を傾《かたむ》けてくださり、ハイ君に約束なさった。次のヴァイネス戦で他の部隊よりも多く手柄を持ち帰ったら、皇太子に指名《しめい》すると」

「……えっ……それじゃあ、叔母様との結婚は？」

ハインツが望んでいたのは皇太子の位ではなく、オクタヴィアと結ばれることだったはずだ。ロザレーナが顔を横向けて見上げると、父王は視線をそらした。

「皇太子に指名されたハイ君が謹《つつし》んでそれを辞退する。なぜなら彼にはひそかに結婚した妻がいて、彼女は寡婦だから。皇帝陛下はハイ君の申し出を受け入れ、彼を皇太子候補から外す。その代わり、武功に免《めん》じて、セスティアン公爵未亡人との結婚を認める――そういう筋書きだったんだ……」

三年前、ワーリャ公国で複数のヴァイネスが発生した。皇帝の命令でマーツェル部隊とフィベルデ部隊は西部へ、ワーリャ部隊とメディーセ部隊は東部へ向かった。激戦だったと聞いている。あまたの騎士が負傷し、父王も大怪我《おおけが》をした。

「私たちは西部のヴァイネスを片付けてハイ君たちがいる東部へ向かった」

ハインツ率いるメディーセ部隊は苦戦しつつも、すでに三体のヴァイネスを始末していた。残るは一体。これが最も巨大《きょだい》で厄介《やっかい》な相手だった。大勢の騎士たちが本体にのみこまれ、ヴァイネスはますます力を増し、残った騎士たちも毒で苦しんだ。

父王やラディガーがハインツたちと合流したのは明け方だった。

ヴァイネスが眠る時刻だ。日中、ヴァイネスは硬化《こうか》して黒い地面になってしまう。いったん硬化してしまうとリート石でも歯が立たず、ヴァイネスの心臓は深く沈《しず》んでしまうから攻撃《こうげき》できない。戦いを再開するには日暮れまで待たねばならない。

「ハイ君とガー君は口論《こうろん》していた。ハイ君は最後の戦闘に手出ししないでほしいとガー君に言ったんだ。ハイ君は皇帝陛下との密約のために武功を欲しがっていた」

これまでの戦闘で多くの騎士が故障し、ワーリャ部隊は戦線を離脱《りだつ》している。

メディーセ部隊も激しい戦いの末に疲弊《ひへい》していた。単独での攻撃は危険だ。

ラディガーは協力して戦わなければ勝てないとハインツを怒鳴《どな》りつけたが、ハインツが譲《ゆず》らず、二人の言い争いは熾烈《しれつ》になるばかりだった。しかし、父王が根気強く説得し、ハインツはようやく折れた。――少なくとも表向きは。

「単独で戦うなど無謀《むぼう》すぎる!!　お前は部隊を壊滅《かいめつ》させるつもりなのか!?」

「日没《にちぼつ》を待ち、三部隊が協力して最後の戦闘に臨《のぞ》むことになった。……日暮れ時になって私たちは愕然《がくぜん》とした。武器を保管してあった天幕が燃やされていた……」

マーツエル部隊とフィベルデ部隊の騎士たちは戦闘の疲れに加えて、飲み物に盛られた眠《ねむ》り薬《ぐすり》で深く眠っていたため、異変に気づくのが遅れてしまった。武器の大半が使えなくなり、わずかな矢と一本の斧槍だけが残った。

「ハイ君は騎士たちを率いてヴァイネスと戦ったが……。ガー君は救出に向かおうとする騎士たちを止めた。武器が足りなかった。だから、リート石で……」

「もういいわ、お父様……もう、やめて」

ロザレーナは布団《ふとん》に身体を沈めた。沼《ぬま》に落ちていくように全身が重い。

「疲れたの……休ませて……」

嵐《あらし》のように感情が騒いでいる。あらゆるものが混ざりあって反発しあって、涙《なみだ》があふれ出る。どうすればいいか分からないまま、ロザレーナは布団に顔を埋《うず》めてすすり泣いた。寒さに凍《こご》えるかのように身体が震《ふる》えるのを止められなかった。


「殿下《でんか》！　あなたは極悪人だ！」

ラディガーの部屋に入《はい》るなり、ギルは哀《あわ》れっぽい声で言った。大きな木箱をどさっと執務机《しつむづくえ》に置く。乱暴にのせるものだから、インク壺《つぼ》が倒れるところだった。

「私の両腕は裸《はだか》の美女を抱《だ》くためにあるっていうのに、こんな色気のない大荷物を持たせて……。いくら私が美しい方々にもてるからって、嫌《いや》がらせはやめてくださいよ」

「裸の美女より木箱のほうが似合ってるぞ。運搬人《うんぱんにん》にでも鞍替《くらが》えしろ」

ラディガーは読んでいた書面から視線を上げずに答えた。次々に侍従《じじゅう》が入室してくる。彼らは抱《かか》えてきた重そうな木箱をどんどん床《ゆか》に積み上げていった。

「中身は無事か？　腐《くさ》ってないだろうな？」

「ご自分で確認なさったらどうです？　ほら、綺麗《きれい》なものですよ。近年で一番の出来《でき》らしいですからね。形も色つやも文句なしです」

ギルが木箱の蓋《ふた》をぱっと開けてみせる。中にはぎっしりと人参《にんじん》が詰まっていた。ギルが言った通り、どれも形が整っていて色鮮《いろあざ》やかだ。

「見せるな。気分が悪くなる」

人参嫌《ぎら》いは相変わらずだ。人参の切《き》れ端《はし》を見るだけでもぞーっとする。

「気分が悪くなるものをわざわざワーリャ公国からお取り寄せですか？　殿下に被《ひ》虐趣味《ぎゃくしゅみ》がおありとは存じませんでした。……あっ……！　まさか人参で倒錯《とうさく》的なお遊戯《ゆうぎ》を……？　……お労《いたわ》しい。いろんなものをこじらせてしまったんですね」

「こじらせてない！　憐《あわれ》みの目で見るな！　それはロザレーナへの快気祝いだ！」

もともとロザレーナへの贈《おく》り物として注文していた品だ。ワーリャ公国産の人参は甘味《あまみ》が強くてうまいらしい。ラディガーにはまったく分からないが、ウサギみたいに人参ばかり食べているロザレーナはきっと目をキラキラさせて喜ぶだろう。

彼女の笑顔を思い浮かべてほくほくしていると、ギルが溜息《ためいき》をついた。

「はあ……私はときどき殿下がお可哀《かわい》そうで泣けてきますよ。快復なさって一月《ひとつき》も経《た》ってるのに、ロザレーナ姫は殿下の面会すら拒否《きょひ》なさっているなんて」

「拒否されてるわけじゃない。たまたま……すれ違《ちが》っただけだ」

と思いたい。何度も見舞《みま》いに行っているのに会えないのは、不幸な偶然《ぐうぜん》だと。

（……三年前のことを聞いてしまったから、気持ちの整理がつかないんだろう）

先日、ロザレーナと会えずにしょんぼりして執務室に戻《もど》ったところ、戸棚《とだな》の中からグィード王が申し訳なさそうな顔で飛び出してきた。

「すまない、ガー君！　口止めされていたのに全部話してしまった！」

いつかこうなるとは思っていた。グィード王は真実を知らないロザレーナが憐れだったのだろう。いずれ分かることだ。できるならもっと遅いほうがよかったが。

ギルが退室した後、ラディガーはバルコニーに出た。金砂を振《ふ》りまいたような星空だ。昼間のうだるような暑さは跡形《あとかた》もなく消え去り、ひんやりとした心地《ここち》よい夜風が中庭に茂《しげ》ったオレンジの木々をさわさわと揺《ゆ》らしている。

（……ハインツの結婚のことが堪《こた》えたんだろうな）

気づけばロザレーナのことばかり考えている。いったいいつからだろう。あのときからだという瞬間がいくつもあって、どれか一つに決めるのは難しい。

しいて言うなら、出会って間もない頃のことだ。ラディガーは貴人が集まる武芸大会で弓術《きゅうじゅつ》の腕前《うでまえ》を披露《ひろう》した。この日のために血が滲《にじ》むような努力を重ねてきた。緊《きん》張《ちょう》しながら矢を放ち、次々に的を射た。誰もラディガーなど見ていなかったけれど。

皆の注目を集めていたのは兄だった。兄はほんのわずかな狂《くる》いもなく正確に的の中心に鏃《やじり》を突き刺《さ》した。貴人たちは口々に兄を褒《ほ》め、父は誇《ほこ》らしげに笑っていた。

武芸大会の後、貴人たちが葡萄酒《ぶどうしゅ》を酌《く》み交《か》わす祝宴《しゅくえん》の席を抜《ぬ》け出して、ラディガーは広場で弓を引く訓練をしていた。そこにやってきたのがロザレーナだ。

「びっくりしたわ！　あなたって矢を射るのが得意なのね！」

ラディガーが的に向かって矢を放つと、ロザレーナは興奮気味に声を上げた。

「得意じゃない」

むしゃくしゃしながら、ラディガーはロザレーナを睨《にら》みつけた。

「よく見ろ、的の中心から少し右にずれてる。これじゃ全然だめだ。兄上の足元にも及《およ》ばない。まだまだ技量が足りないんだ」

武芸大会の最中、父はラディガーに一度も声をかけなかった。兄には称賛《しょうさん》と期待の言葉を雨のように降らせていたくせに。いつだってそうだった。

両親の視線を独占《どくせん》するのは兄だ。ラディガーには誰も注意を払《はら》わない。自分は兄の影《かげ》なのだとラディガーは理解していた。あくまで兄がいなくなったときのための予備。

兄が健在である限り、父も母もラディガーのことなんか見もしない。

鍛錬《たんれん》を積んで兄と同じくらい正確に的を射貫《いぬ》くことができるようになったとしても、やはり無視されるのだろう。そんなことは分かっていたけれど、武芸の稽古《けいこ》だけは手を抜かなかった。かすかな望みを抱いていたのだ。兄をしのぐ射手になれば、父も母も、兄にそうするようにラディガーを見てくれるかもしれないと。

ラディガーが新たな矢をつがえていると、ロザレーナがつかつかと近づいてきた。

ウサギの耳みたいに垂れた髪を逆立てるようにして、目尻《めじり》をつり上げている。

「バカ！」

唐突《とうとつ》に怒鳴られ、ラディガーはぽかんとした。ついでムッとする。

「なんでいきなりバカ呼ばわりされなきゃならないんだよ！」

「あなたがバカだからよ！」

ロザレーナは白い拳《こぶし》でラディガーの胸を小突《こづ》いた。

「お兄様が上手《じょうず》だってことと、あなたが上手だってことは何の関係もないじゃない！　お兄様はあなたじゃないし、あなたはお兄様じゃないんだから！」

「何が言いたいんだ！」

ラディガーが眉《まゆ》をひそめると、ロザレーナは腰に手を当てて声を張り上げた。

「誰かより上手か下手かなんて意味ないわ！　大事なのは、その力があなたのものだってことなの！　そんなことも分からないからバカって言ったのよ、バカ！」

ロザレーナは手に持っていた小さな包みをラディガーに押しつけた。

「人参のクッキーよ。あなたが武芸大会で活躍《かつやく》したからご褒美《ほうび》に作ってあげたの。ほとんど私とお父様でつまみ食いしちゃったから、ちょっとしかないけど、また次の大会で活躍したら作ってあげるわ」

偉《えら》そうに言い残して、ロザレーナは祝宴の席に戻っていった。暗がりの中、ラディガーは石段に腰かけて包みを開けた。人参のすりおろしがこれでもかというほどびっしり詰《つ》まったクッキーは歪《いびつ》な円に棒が刺さったような奇天烈《きてれつ》な形をしていた。裏返したり逆さにしたりして観察し、どうやら弓矢を模しているらしいと気づいた。

形は妙《みょう》だが、焼き加減はちょうどいい。一口かじると、程よく甘かった。そして、ものすごく……人参の味がした。ラディガーは数時間かけて包みを空にした。

ロザレーナは生意気で、ちっともおとなしくなくて、腹が立つと斧槍を振り回す凶暴《きょうぼう》な姫だ。それなのにラディガーはいつしか彼女から目を離せなくなっていた。

「ラディガー、聞いて！　私、ハインツ様と婚約《こんやく》するの！」

　ある日の夕方、ロザレーナがルコルに乗って突然ラディガーの居城に現れた。十二歳の彼女はハインツとの婚約を真っ先にラディガーに伝えにきたのだった。

　ハインツとロザレーナの婚約がまとまりそうだという話は噂《うわさ》で聞いていた。

　まったく予想していなかったわけではなかったのに、ロザレーナの口から告げられた婚約という言葉は刃物《はもの》のようにラディガーの胸に突《つ》き刺さった。

「これからはもっと淑《しと》やかになれよ。花嫁になるのなら」

　ラディガーが苦い思いを噛《か》み殺《ころ》して言うと、ロザレーナは無邪気《むじゃき》に笑った。

「もちろん、淑やかにふるまうようにするわ。綺麗で気品があって魅力《みりょく》的な最高の花嫁になるの。きっと世界中の男の人がハインツ様を羨《うらや》ましがるわよ」

　何と返事をしたのか覚えていない。たぶん、普段通り軽口を叩《たた》いたのだろう。

　身体《からだ》の中で獣《けもの》のように感情が暴れていたが、ロザレーナが喜んでいたから祝福することにした。ラディガーは彼女の笑顔が何よりも好きだった。ロザレーナが笑うのならそれでいい。だが、当のハインツはロザレーナを傷つけた。しかも最悪の形で。

　ロザレーナが婚約者の不貞《ふてい》を目の当《ま》たりにする直前、ラディガーはハインツがオクタヴィアと恋人同士だということを知った。愕然としたし、激怒《げきど》した。ハインツは婚約者を、オクタヴィアは姪《めい》を裏切ったのだ。許せるはずがない。

　二人が深く愛し合っているかどうかなんて関係ない。ハインツはロザレーナと婚約していて、ロザレーナは一途《いちず》にハインツを慕《した》っている。彼はロザレーナと結婚するべきで、彼女だけを愛するべきだ。ロザレーナがそれを望んでいる限り。

　ラディガーはハインツに会うたびオクタヴィアと別れるよう説得しようとした。オクタヴィアにも会いにいき、ハインツと別れてほしいと頼んだ。

　オクタヴィア自身、この件についてはかなり悩んでいるようだった。彼女はロザレーナのことで胸を痛めており、涙ながらにハインツを諦《あきら》めると約束してくれた。

　ようやく元通りになると安心した矢先だ。とんでもない一報を受けた。

「何だって!?　セスティアン公爵《こうしゃく》未亡人と結婚した!?」

　ハインツからその話を聞いたとき、ラディガーは思わず怒声《どせい》を張り上げた。

「ロザレーナのことはどうするつもりなんだ!?　婚約してるじゃないか!!」

「婚約はいずれ無効になるよ。オクタヴィアが懐妊《かいにん》すれば」

　ハインツの返答にかっとなって、親友の顔を殴《なぐ》りつけた。

「いい加減にしろ!!　お前のせいでどれほどロザレーナが傷ついてるか分かってるのか!?　セスティアン公爵未亡人とは今すぐ別れろ!!」

「ロザレーナは納得《なっとく》してくれたよ。私たちの仲を応援《おうえん》すると言ってくれた」

「そんなの強がりに決まってるだろう!! なんで分からないんだ!! ロザレーナはお前のことが好きだから、お前に嫌《きら》われたくないから、二人の仲を応援すると言ったんだ!! 本当は彼女と別れてほしいと思ってても言えないんだ!!」

ロザレーナの気持ちは痛いほどよく分かった。ラディガーだって、ロザレーナにハインツを忘れろとは言えなかったのだ。恋人になれないなら、せめて友人でいたかった。そのために必要なら、本心を殺したっていい。

けれど、結局は友人でいることも不可能になった。ハインツはオクタヴィアのために死んだ。彼女と正式に結婚するために無謀《むぼう》な戦い方をした。

そのことを知ったらロザレーナはどんなに悲しむだろう。ラディガーはすべての事実を伏《ふ》せた。皇太子になりたかったからハインツを見殺しにしたと言った。

「私はあなたが嫌いよ、ラディガー!! 大っ嫌い!!」

友人としてもロザレーナのそばにいられなくなったあの夜のことを幾度《いくど》となく思い返した。もっとうまいやり方はなかったのかと苦悶《くもん》しつつも、あれが最善策だったのだと自分を納得させるより他ない。しかしもはや、嘘《うそ》は暴《あば》かれてしまった。どうやってロザレーナを慰《なぐさ》めればいいのか、考えても答えは出ない。

（とりあえず、明日の朝に人参《にんじん》を届けさせて……）

一月も避《さ》けられているのだ。ロザレーナはラディガーに会いたくないのだろう。だったら人参だけ届けさせるほうがいい。しばらくすれば、ロザレーナも落ち着くだろうし、頃合《ころあい》を見計らって改めて話をするしかない。結婚式は一月半後だが、あまり焦《あせ》らないことだ。彼女の悲しみが和《やわ》らぐまで待って――。

ふいに羽音が聞こえて、ラディガーは顔を上げた。直後、目を見開く。

星明かりが降る薄闇《うすやみ》に、清らかに輝く純白の獅子《しし》がいた。真っ白な両翼《りょうよく》を羽ばたかせる神聖な猛獣《もうじゅう》に跨《また》がったのは、シェルピンクの髪を風になびかせる乙女《おとめ》。

「ラディガー！　よかった、まだ起きてたのね！　ちょっと時間ある？」

ロザレーナが鞍上《あんじょう》で手を振《ふ》っている。泣《な》き濡《ぬ》れているとばかり思っていたカメリア色の瞳《ひとみ》は星明かりのせいか明るく、表情は陽気に見えた。ラディガーは突如《とつじょ》現れた猛獣姫に思う存分見惚《みと》れた後で、不機嫌《ふきげん》そうな顔を作って彼女を怒鳴《どな》りつけた。

「こんな時間にそんなところで何してる！　さっさと降りてこい！」

「ほんと、ラディガーってぶーぶーうるさいわよねー」

バルコニーに降り立ち、ロザレーナは肩にかけられたフロックコートを胸元で掻《か》き合わせた。寝る前に少し散歩しようと思って出てきたからネグリジェを着ている。

別に肌寒《はだざむ》くもなかったのだが、ラディガーは例によって「下着みたいな恰好《かっこう》をするな！」と声高に文句を言い、自分の上着を脱《ぬ》いでロザレーナの肩にかけた。

「お前が無頓着《むとんちゃく》すぎるんだ。下着みたいなネグ……何とかを着てうろうろするな」

「ネグリジェ！　これは下着じゃないの！　変な目で見ないで」

「見てない！　それより、また一人でふらふら出歩いてたのか」

「一人じゃないわよ。あっ――そうだわ」

ロザレーナはバルコニーから身を乗り出して近くを飛ぶ騎士《きし》たちに手を振った。

「ついてきてくれてありがとう！　今夜はもう休んでいいわよ！」

散歩に同行してくれた二人の騎士たちがユファエンの鞍上で軽く頭を下げてひらりと飛び去った。ルコルにも厩舎《きゅうしゃ》へ帰るよう言うと、身を翻《ひるがえ》して彼らについていく。

「あなたがうるさいから護衛を連れて散歩してたのよ。何か文句ある？」

挑発《ちょうはつ》するように片眉《かたまゆ》を跳《は》ね上げると、ラディガーはますます目を吊《つ》り上げた。

「大ありだ！　夜更《よふ》けにバルコニーから男の部屋を訪ねてくるなんてはしたないとは思わないのか！　婚約者という点を差し引いてもお前の行動は……」

ラディガーは続きをのみこんだ。ロザレーナの右耳を見てためらいがちに言う。

「……耳飾《みみかざ》り、外したのか」

ハインツにもらったエメラルドの耳飾り。実は数日前からつけていない。

今までは眠るときも外さなかったので、少し右耳が寂《さび》しい感じもする。

「必要ないからしまったわ。私はハインツ様と結婚するわけじゃないもの」

一つ息をついて、ロザレーナは横目でラディガーを睨《にら》んだ。

「私、怒《おこ》ってるのよ。あなたが嘘ついたせいで大恥《おおはじ》かいちゃったじゃない」

「大恥？　何のことだ？」

「宮廷舞踏会《きゅうていぶとうかい》に喪服《もふく》を着ていったことよ。あなたのこと『亡《な》き婚約者の仇敵《きゅうてき》』なんて言っちゃったわ。思い出すと恥《は》ずかしくって」

しばし黙った。風が流れてオレンジの木をさあっと揺《ゆ》らす。

父王から三年前の真実を聞いて一月《ひとつき》。当初は頭の中がぐちゃぐちゃして考えるよりも先に涙《なみだ》がこみ上げてきたけれど、ラディガーが言ったことや自分が彼にしたことを少しずつ整理してみた。ラディガーを避けていたのは一人で考えて答えを出すためだ。

今夜はそのことを話すためにここへ来た。

「……ごめんなさい……」

謝罪の言葉を口にすると、胸のつかえが下りる気がした。

「私、あなたにいろいろひどいことしたわよね。心当たりがたくさんありすぎて、どれから謝っていいか分からないんだけど……」

ラディガーがハインツを見殺しにしたと嘘をついたとき、ロザレーナは彼を平手打ちして大嫌いだと言った。舞踏会《ぶとうかい》では遅刻《ちこく》した上に喪服で現れ、彼に恥をかかせた。

それだけではない。この三年間、ラディガーはロザレーナのために嘘をついたというのに。ハインツが亡くなったと思っていた。ラディガーを恨《うら》み続けた。彼のせいでハインツが亡くなったと思っていた。

「悪いことをしたと思うわ。本当にごめんなさい……」

ロザレーナが頭の重みに耐《た》えかねるように下を向くと、ラディガーは首を振った。

「いいんだ……俺のことは」

手すりにもたれかかって視線を落とす。星の光が彼の横顔に影《かげ》を作っている。

「いやなことを思い出させてしまうかもしれないが……ハインツは、セスティアン公爵未亡人のことを本気で愛していたんだと思う。遊びや気の迷いではなく……。周りが見えなくなって、お前に配慮《はいりょ》する余裕《よゆう》もないくらいに」

「……そうね」

「正直言って、やつがお前にしたことには今でも腹が立つし、あいつを許せない。でも……だからこそ、ハインツを助けられなかったことを……悔《く》いている」

疼痛《とうつう》を堪《こら》えるかのような抑《おさ》えた声音《こわね》が暗がりに落ちる。

「あの日……天幕が燃えた後、武器はほとんど使えなくなっていた。残っていたのは二本の矢と一本の斧槍だけだ」

ラディガーは手すりの上に置いた両手をきつく握《にぎ》りしめた。

「俺たちが駆《か》けつけたときにはすでに、ハインツはヴァイネスの本体にのまれていた。大勢の騎士たちをのみこんでヴァイネスは勢いを増していた。残った武器では到底《とうてい》歯が立たない状態で……何もできなかった……ただその場を離れることしか」

わずかに残っていたリート石の原石を使って囲いを作り、ヴァイネスの行動範囲《はんい》を狭《せば》めて朝を待った。まるでそれが大罪であるかのように、ラディガーはそう語った。

「新しい武器が届いて戦闘《せんとう》を再開できたのは、ハインツがのみこまれてから三日後の夜明け前だ。ヴァイネスを始末して助け出したときには、まだかすかに息があった。すぐに修道院に運んで治療《ちりょう》させたんだが……」

ヴァイネスにのみこまれても三日以内に救出されれば命は助かる。夜明け前という時刻が生死を分けたのだ。これが夕刻だったら結果は違《ちが》っていたかもしれない。

ハインツが最期《さいご》に伝言を頼んだということはかねてから聞いているので知っている。オクタヴィアには「愛している」、ロザレーナには「すまない」と言い残したそうだ。

「あなたには、何て言い残したの？」

ロザレーナが視線を投げると、ラディガーは言いにくそうに答えた。

「お前を……ロザレーナを頼むと言っていた。話したことはないが……俺がお前に幼馴染《おさななじみ》以上の感情を持っていることはとっくに承知していたんだろうな」

ロザレーナは下を向いた。ラディガーが自分に好意を向けてくれているなんて夢にも思わなかった。彼は幼馴染として心配してくれているのだと考えていた。

知っていたら、ハインツへの恋心を無邪気《むじゃき》に話したりしなかった。嬉々《きき》として婚約の報告をしたりしなかった。破れた初恋《はつこい》の苦しみを打ち明けたりしなかった。

無意識のうちにいったいどれほど彼を傷つけてきたのだろう。ラディガーがどんな気持ちでロザレーナを慰めてくれていたのか、想像しただけで胸が痛い。

星明かりは柔らかく辺りを照らし、緩《ゆる》やかな風にそよぐ木々の音色が闇《やみ》を彩《いろど》っている。穏《おだ》やかな夜だ。互《たが》いの傷跡《きずあと》が夜風ですり減っていけばいいのにと思う。

「……すまなかった」

「どうしてあなたが謝るの？」

「ハインツを……助けられなかった」

ラディガーは苦しげに頭《こうべ》を垂れた。綺麗《きれい》な銀色の髪が端整《たんせい》な横顔を隠《かく》す。

「お前のためにもハインツを連れて帰りたかった。目の前にいたのに、俺は何もしなかった……。戦えばよかったんだ。矢が残っていたんだから――」

「いいえ、違うわ」

はっきりと言って、ロザレーナはラディガーのほうへ顔を向けた。

「使える武器は二本の矢と、一本の斧槍。それだけで攻撃《こうげき》するなんて無謀だわ。私がその場にいたら絶対に止めてる」

ラディガーは答えない。彼の瞳が何を映しているか、ロザレーナには見えない。

「騎士たちを捕食《ほしょく》してヴァイネスは成長してた。森をほぼ全部のみこんでたって聞いたわ。斧槍が百本あっても危険な相手よ。影の手を切る斧槍、心臓を射る矢、囲いを作るリート石。すべての武器がそろっていなければ攻撃するべきじゃない」

せめて一日早く武器が到着していれば――と考えても仕方ないことを思ってしまう。嵐《あらし》がユファエンの行く手を阻《はば》み、武器の到着が遅れた。不運に不運が重なった。

「もし、あなたが本体にのみこまれていたら、フィベルデ部隊の足並みが乱れて後の戦闘に影響《えいきょう》が出たわ。ヴァイネスに止《とど》めを刺《さ》すのが遅れて、被害《ひがい》が増えて、犠牲《ぎせい》になる騎士たちももっと多かったはず。避難《ひなん》してた人たちのところにまで影の手が伸びていたかもしれない。――だからね、ラディガー……」

これくらいのことは、ラディガーにはとっくに分かっているはずだ。だからこそ、彼は戦わずに武器の到着を待つという決断をした。それがあの瞬間の最善策だった。

二本の矢を手にしてハインツを救出にいけば美談にはなったかもしれない。友情に殉《じゅん》じたと称賛《しょうさん》されたかもしれない。だが、それだけだ。美談で人命は救えない。

あるいはラディガーが平民だったら、命を賭《と》してハインツを助けにいくことができたかもしれない。あいにく、ラディガーもハインツと同じ皇孫だった。シュザリア帝《てい》国《こく》は有力な皇太子候補である皇孫を二人も喪《うしな》うわけにはいかなかった。

「あなたの判断は正しかった。武器がそろった後で攻撃を再開したから、最小限の犠牲で済んだの。私があなたの立場にいたとしても同じことをするわ」

風が消えた。静まり返った夜の庭に淡々《たんたん》と星明かりが降る。

「……助けられたかもしれないと思うんだ」

ラディガーはかすれた声で独り言のようにつぶやいた。

「今でも後悔《こうかい》してる。もしかしたら……と考えてしまう。あのときはああするしかなかったって分かっていても……他の道があったかもしれないと」

理屈《りくつ》を並べれば並べるほど他に方法はなかったという結論につながる。同時に、何かが置き去りにされているのも事実だ。二本の矢と一本の斧槍。微々《びび》たる可能性にすがってもよかったのではと、心の奥底でもどかしい思いがくすぶっている。

感情を優先するなら、二本しかない矢を携《たずさ》えて助けにいきたかっただろう。ロザレーナにとってそうだったように、ラディガーにとってもハインツは大切な存在だった。喪いたくなかったはずだ。助けたかったはずだ。絶望的な状況でもかすかな希望にかけて危険を冒《おか》してでも救出に向かいたい――その気持ちを抑えつけて彼は待った。

武器が到着するまでの数日がラディガーにとってどれほど長いものだったか、なぜ考えてみなかったのか。何も知らずに彼を責めたかつての自分が憎《にく》らしくて堪《たま》らない。

「自分の判断を否定しないで。あなたの決断で救われた人たちがいる。その人たちを否定しちゃいけないわ」

「……そうだな」

ラディガーはそれきり黙《だま》りこむ。ロザレーナも口をつぐんだ。薄闇《うすやみ》に落ちた声音は苦渋《くじゅう》に満ちていて、この三年のことを悔やまずにはいられなかった。

近くにいたのに彼の苦悩《くのう》を分かち合えなかった。彼に寄り添ってあげられなかった。ロザレーナが辛《つら》いときは、ラディガーが必ず慰《なぐさ》めてくれていたのに。ロザレーナはラディガーに何もしてあげられないばかりか、彼を恨んで公然と非難したのだ。

周りが見えなくなっていたのはオクタヴィアに夢中だったハインツだけではない。

ロザレーナも自分の悲しみに溺《おぼ》れて周りが見えなくなっていた。それでもラディガーはロザレーナを責めない。ロザレーナではなく、自分自身を責めている。

ハインツとオクタヴィアの仲を知ったときとは違う激情で心がざわめいた。熱い感情がこみ上げてくる。引き寄せられるようにロザレーナはラディガーに一歩近づいた。

「ねえ……何か私にしてほしいことない？」

「してほしいこと？　何だ、急に」

ラディガーがこちらを向く。シャドーブルーの瞳《ひとみ》には純粋《じゅんすい》な疑問が見て取れる。

「埋《う》め合わせがしたいのよ。あなたのこと、たくさん傷つけたお詫《わ》びに」

いろんなものを背負っていたラディガーにお礼がしたい。彼の心にのしかかっているものを全部取り除くことは無理かもしれないけれど、少しだけでも軽くできたらいい。彼がしてくれたみたいに、ロザレーナもラディガーの支えになりたい。

「あっ、そうだわ。人参《にんじん》ゼリーを作ってあげましょうか？　人参のプディングでもいいわよ。人参のトルテのほうがいい？　人参のコンポートをのせて人参のクリームをたっぷり塗《ぬ》ってあるの。人参のキッシュやシチューは？　人参のローストもお勧《すす》めよ」

「……なんで……全部、人参がらみなんだ？」

「だって、人参はあなたの好物でしょ？」

ロザレーナが作った人参のお菓子《かし》や料理をラディガーはいつだっておいしそうに喜んで食べてくれた。ロザレーナも人参が大好きだから、この点では彼と気が合う。

「……人参以外のことでもいいのか？」

「もちろん、いいわよ。あなたが喜んでくれることなら何でも」

ロザレーナは微笑《ほほえ》んだ。辛い気持ちを和《やわ》らげるには自分が喜ぶようなことをするのがいい。ロザレーナの場合は人参を食べたり、ルコルと散歩したり、斧槍を振《ふ》り回したりすることがそれなのだけれど、ラディガーの場合は何だろう。

ラディガーは真剣《しんけん》な瞳でこちらを見つめ、ためらいがちに口を開いた。

「じゃあ……俺を……好きになってほしい」

夜風がゆるゆると髪を撫《な》でている。ロザレーナは動けなくなった。

「えっ……。あなたを、好きに？」

「俺はお前が好きだ。子どもの頃《ころ》から……お前がハインツに夢中だったときも」

彼の瞳はロザレーナだけを映している。熱っぽく見つめられていると、身体《からだ》がふわふわする。なんだか気恥《きは》ずかしいけれど、視線をそらせない。

「お前が俺を嫌《きら》ってるのは知ってる。難しいとは思うが……俺も好かれるように努力するから……少しずつでいいんだ。いつか……」

「私があなたを嫌ってる？　どうしてそう思うの？」

「どうしてって……自分でそう言ったじゃないか。俺のことが大嫌いだって」

ロザレーナは目をぱちぱちさせた。首をかしげて考え、あっと声を上げた。ラディガーがハインツを見捨てたと嘘《うそ》をついたとき、ラディガーに大嫌いと言ったのだ。

「あのときはあなたがハインツ様を見捨てたって言ったから、かっとなったの」

「だったら……本当は嫌いじゃないのか？　俺のことが」

「……そ、そうね……まあ、たぶん……嫌い、じゃないと思うわ」

ハインツには言えない本音もラディガーにはぶつけられた。雷が鳴る夜も彼がそばにいてくれればぐっすり眠れた。ヴァイネスから助けてくれたときも彼の顔を見た瞬間、安堵《あんど》した。嫌いなわけがない。本当に嫌いだったらこうして訪ねてきたりしない。

沈黙があった。頬《ほお》が火照《ほて》っている気がしてロザレーナは下を向いていた。どれくらい時間が経《た》っただろう。顔を上げるに上げられないでいると、急に抱《だ》きすくめられた。

「……ラディガー……？　ど、どうしたの……？」

うろたえて尋《たず》ねると、抱擁《ほうよう》の力が増して身じろぎする自由さえ奪《うば》われた。

「俺の夢は――」

かすれた声が耳朶《みみたぶ》を撫でた。鼓動《こどう》が重なり、身体が一気に熱を帯びる。

「お前に好きだと言われることだったんだ」

腕の力を緩めず、ラディガーは高揚《こうよう》を抑《おさ》えきれないというように囁《ささや》いた。

「やっと夢が叶《かな》った」

「……す、好き、なんて……一言も言ってないわよ」

「さっき言ったじゃないか。嫌いじゃないってことは好きだってことだろう？」

「ちっ、違《ちが》うわよ！　嫌いじゃないってことは、嫌いじゃないってことで……好きってこととはちょっと違って……嫌いじゃないからって好きってわけじゃ……」

もごもごと口ごもると、ラディガーはますます強く抱きしめてくる。

「細かい解釈《かいしゃく》はどうでもいい。お前に嫌われてないって分かっただけで嬉《うれ》しい」

耳元で響《ひび》くどこか弾《はず》んだ声音《こわね》にロザレーナは何も言えなくなる。変な感じだ。

心臓は弾《はじ》け飛びそうなほど速く動いているのに、風邪《かぜ》を引いたみたいに頭が熱くてしょうがないのに、衣服越《ご》しに伝わる鼓動が羞恥心《しゅうちしん》を掻《か》き立てて目が回りそうなのに、こうしていることがいやじゃない。ずっとこのままでもいいような気さえする。

ラディガーのぬくもりに包まれるのが好きなのかもしれない。そう自覚し始めていたけれど、あえて素知らぬふりをして、しばらく彼の夢に身を委《ゆだ》ねることにした。

第5章　ウサギと狩人《かりゅうど》の宮廷舞踏会《きゅうていぶとうかい》

マリリカ女子修道院の門前でロザレーナはくるりと踵《きびす》を返した。

「や、やっぱり今日はやめておくわ！」

すたすたと丘《おか》を駆《か》け下りようとしたが、追いかけてきたラディガーに腕を掴《つか》まれる。

「せっかく来たんだぞ。挨拶《あいさつ》ぐらいしていってもいいだろう」

「……で、でも、どんな顔をして叔母《おば》様に会えばいいか分からないもの……」

ハインツの葬儀《そうぎ》以来会っていないオクタヴィアに会いたいと言い出したのはロザレーナだ。彼女がネージュ侯国《こうこく》のマリリカ女子修道院に入って修道女になったことは聞いていたが、あえて会いたいとは思わなかった。かつては姉妹のように仲良くしていたけれど、ハインツとのことがあってからはぎくしゃくしてろくに口もきかなかった。

三年前の真実を知った今、過去のわだかまりにけりをつけたくて、ラディガーに付き添《そ》ってもらってマリリカ女子修道院まで来てみた。覚悟《かくご》を決めてきたはずなのに、いざ門の前に立つと勇気がしぼんで後ずさりたくなってしまう。

「わ、私ここで待ってるわ！　ラディガーだけ行ってきて！」

門前でもめていると、内側から門が開かれた。出てきたのは、はっとするほど美しい一人の修道女だ。上から下まで真っ黒の修道服に身を包んでいても隠《かく》せない高貴な美貌《びぼう》は、ハインツの葬儀で見たときと少しも変わっていなかった。

「お待ちしておりましたわ——皇太子殿下《でんか》、ロザレーナ姫。どうぞ中へ」

オクタヴィアが微笑んで促《うなが》す。ロザレーナはとっさにラディガーの後ろに隠れたが、彼に手を引かれ、門の向こう側へ足を踏《ふ》み入れた。

院内の柱廊《ちゆうろう》を歩きながら、オクタヴィアは現在の暮らしについて話してくれた。

早朝の礼拝から始まって、施療院《せりよういん》で病人たちの世話をし、孤児院《こじいん》の少女たちに読み書きを教え、贅沢《ぜいたく》とは無縁《むえん》の食事で空腹を満たした後、静まり返った夜の聖堂で祈禱《きとう》書《しよ》を読む。華《はな》やかな宮廷生活とは正反対の質素な毎日にオクタヴィアは満足しているという。

「メディーセ大公子殿下が薨去《こうきよ》なさった直後は心が休まらない日も多かったのですが、今ではとても穏《おだ》やかに過ごしていますわ」

オクタヴィアがたおやかに微笑んだとき、朗らかな日差しに照らされる中庭から少女たちがどたばたと走ってきた。三、四歳から十歳くらいまでの少女たちだ。そろいの修道服を着て、編んだ髪をリボンで結んでいる。孤児院の子どもたちだろう。

「お母様、ねえ見て！　花冠《はなかんむり》を作ったの！　綺麗《きれい》でしょう？」

五つくらいの赤毛の少女がオクタヴィアにカモミールの花冠を見せた。オクタヴィアがそれを受け取る前に、あとから来た金髪《きんぱつ》の少女が赤毛の少女を押《お》しのけた。

「あんたのなんかだめよ！　あたしの花冠のほうが綺麗だわ！」

こちらはシロツメクサだ。大きすぎて花冠というより首飾りに見える。

「私も作ってみたんだけど、あんまり上手《じょうず》にできなくて……」

クルミ色の髪の少女がどこかおどおどしながら、マーガレットの花冠を差し出した。するとと隣の少女がそれをひょいと奪い、自分の頭にのせて楽しげにくるくる回る。

「ねえ、お母様。私、お姫様に見える？」

「全然見えない！　こんなソバカスだらけのお姫様なんかいないわよ」

「そうそう。お姫様って美人しかなれないのよ。私みたいにね！」

少女たちは互《たが》いの花冠を取り合って口喧嘩《くちげんか》し始めた。クルミ色の髪の少女だけがおろおろして喧嘩を止めようとしている。オクタヴィアはぱんと手を叩《たた》いた。

「おやめなさい。お客様の前よ」

とたん、少女たちは花冠の奪い合いをやめた。殊勝《しゅしょう》に黙って横に並ぶ。

「いつも教えているでしょう。淑女《しゅくじょ》らしくふるまって」

「はあい、お母様」

少女たちはいっせいに返事をした。オクタヴィアは『お母様』と呼ばれているが、もちろん血のつながった娘たちではない。年上の修道女を孤児《こじ》たちは母と呼ぶのだ。

少女たちは丁寧《ていねい》に膝《ひざ》を折ってロザレーナとラディガーに挨拶した。こちらも笑顔で挨拶を返す。少女たちはラディガーをちらちら見て、ひそひそ話をした。

「男の人。しかも司祭様みたいにお爺《じい》さんじゃないわ」

「修道士でもないわよ。ねえ見て、青い瞳！　宝石みたいだと思わない？」

「私、銀色の髪って初めて見たわ！　キラキラしてて綺麗ねえ」

「もう！　あんな素敵《すてき》な人が来るって知ってたらとっておきの服を着てきたのに」

長身の少女はうっとりと見惚《みと》れて頬を染めた。慌《あわ》ただしく髪を整え、ラディガーに笑みを送る。オクタヴィアは苦笑《くしょう》してラディガーを紹介《しょうかい》した。

「この方は天獅子騎士団《アンレーヴェきしだん》の騎士様よ。今日もユファエンに乗っていらっしゃったの」

少女たちはぱっと瞳を輝《かがや》かせて「ユファエン！」と歓声《かんせい》を上げた。

「ユファエンってとっても可愛《かわい》いんでしょ？　鳴き声はネコみたいだって聞いたわ」

「空を飛ぶってホント？　どれくらい飛べる？　翼《つばさ》は柔らかい？　身体は白いの？」

「騎士様のユファエンはどこ？　見せて！　乗ってみたいんだけど、いい？」

ラディガーはあっという間に少女たちに囲まれてしまった。助けを求めるようにオクタヴィアを見るが、オクタヴィアはくすくす笑っている。

「分かった。じゃあ……厩舎《きゅうしゃ》から連れてくるからここで待――」

「行こう行こうっ！　ユファエン、厩舎にいるって！」

「早くユファエンに会いたい！　私が一番に乗る！」

「だめよ！　私が一番！　なんでって私が七歳だからよ。あなたは六歳でしょ」

「でも……ユファエンって獅子《しし》なのよね？　嚙《か》みついたりしないかな？」

ラディガーは少女たちの波にさらわれるようにして柱廊を引き返していく。ついていくタイミングを逃《のが》してしまい、ロザレーナは取り残された。ゆるゆると風が吹いている。中庭で揺《ゆ》れる白い花を見ながら、気まずい沈黙を埋《う》めるようにつぶやいた。

「……元気そうでよかったわ、叔母様」

「あなたも。少し会わないうちに、すっかり大人になって、綺麗になったわね。聞いたわよ。皇太子妃《こうたいしひ》に選ばれたんですって？」

うん、と答えた後、会話が途切《とぎ》れた。何を話していいか分からない。

ハインツとオクタヴィアの仲を目の当《ま》たりにしてからしばらくの間は、オクタヴィアに反感を抱《いだ》いていた。裏切られたと思った。ハインツを奪われたと。時間が経つにつれてとげとげしい感情は薄《うす》れ、何とも形容しがたい居心地《いごこち》の悪さだけが残った。

「……本当にごめんなさい、ロザレーナ。あなたには何度謝っても足りないわ」

オクタヴィアは中庭に視線を向けていた。彼女の艶《つや》やかな黒髪は修道女のベールで隠されている。ロザレーナはオクタヴィアの髪が好きだった。触《さわ》ると柔らかくて優しい香りがした。子どもの頃《ころ》はよく互いの髪を交代で梳《くしけず》ったものだ。

「私が悪かったんだわ。メディーセ大公子殿下を諦《あきら》めて身を引くべきだったのに……周りが見えなくなっていたわ。夢中だったの……。最初で最後の恋に」

オクタヴィアの亡夫セスティアン公爵《こうしゃく》は老齢《ろうれい》にもかかわらず好色で、あらゆる美女に目移りする浮気者《うわきもの》だった。彼がオクタヴィアを見初《みそ》めたのも気まぐれだったのだろう。結婚後、セスティアン公爵は新妻《にいづま》に飽《あ》きてしまい、愛人のもとへ通った。

一方で、彼は夫人に極端《きょくたん》な貞淑《ていしゅく》さを求める人物だったから、オクタヴィアは宮廷に顔を出すことも禁じられ、友人との交流も控《ひか》えた。その上、セスティアン公爵の子息たちは自分たちよりも年下の継母《ままはは》を敵視していた。彼らに言わせれば、オクタヴィアは年老いた父を惑《まど》わせ、公爵家の財産を食い物にしようと企む女狐《めぎつね》なのだった。

彼女が結婚してからなかなか会えなくなってしまい、ロザレーナも寂《さび》しい思いをしたが、不実で薄情《はくじょう》な夫を持ち、継子《ままこ》たちに睨《にら》まれて孤独《こどく》の最中《さなか》にいたオクタヴィアはそれ以上に辛《つら》く苦しい毎日を送ったことだろう。兄であるワーリャ公に命じられるまま愛情のない結婚をした彼女にとって、ハインツは初めての恋の相手だったのだ。

「メディーセ大公子殿下が神父様を呼んで式を挙げようって言ったとき、これはいけないことだって分かってたのよ。でも、止められなかった。夢だったから……。心から愛する人と……結婚することが」

落ち着いた声音に悲愴《ひそう》な色はなかったけれど、ロザレーナはなんだか泣きたくなった。ロザレーナの父と母は政略結婚でも愛し合っていた。父王はいまだに亡《な》き母を想《おも》っている。しかし、これは稀有《けう》な例だ。王侯《おうこう》貴族の娘のほとんどは、心の中で恋《こい》しい人と結ばれることを夢見ながら、好きでもない男を夫と呼ぶ。

「あの方の訃報《ふほう》を聞いた日、泣くこと以外何もできなかったわ……。天罰《てんばつ》だと思ったの。自分の幸せしか見えなくなっていた私に、神がお怒《いか》りになったんだって……。だから、修道院に入ったのよ。罪を償《つぐな》うために……」

宮廷人たちは、オクタヴィアを妖婦《ようふ》と罵《ののし》った。セスティアン公爵だけでなく、メディーセ大公子まで惑わせたと。彼女の恋人になると死ぬとまで噂《うわさ》されていた。

ワーリャ公は妹の醜聞《しゅうぶん》が自分の娘たちの結婚に影響《えいきょう》することを恐《おそ》れて、オクタヴィアへの援助《えんじょ》を断《た》ち、帰国を禁じた。亡夫が彼女に遺《のこ》した領地は新しいセスティアン公爵に取り上げられたと聞いている。行く当てがなくなったオクタヴィアが身を寄せたのがネージュ侯国だ。この国には彼女がハインツと秘密裏に結婚した教会がある。

現在の暮らしは決して豊かではないはずだ。修道院は広いばかりでガタがきているし、オクタヴィアの修道服には継《つ》ぎがあてられている。領地を持たないオクタヴィアは、薬草園の薬草を売って得られる利益と善意の寄進に頼《たよ》って生活している。施療院や孤児院を維持《いじ》するためには、衣服さえも切り詰《つ》めるしかないのだろう。

「声がかれるまで懺悔《ざんげ》して、奉仕《ほうし》活動に毎日を費やして……。慣れるまでは大変だったけれど、最近はとても楽しく過ごしてるから悔悛《かいしゅん》の日々とは言えないわね」

オクタヴィアが笑ったとき、ラディガーが少女たちとユファエンを連れて戻《もど》ってきた。三人の少女たちがユファエンの背中に乗り、他の少女たちは周りを囲んでいる。

「ぴんってしてて可愛いお耳！　リボンを結んであげたらもっと可愛くなるわね！」

「ばかね！　耳にリボンなんかつけたらいやがるわよ！　鬣《たてがみ》にしたらどう？」

「すごーい！　真っ白いお腹《なか》、もふもふしてるぅー！」

ユファエンはラディガー同様、困り顔だが、少女たちにされるままになっている。

「お母様、見て見て！　私、天獅子騎士団の女騎士よ！」

背中に乗った赤毛の少女が鬣に埋もれつつ手を振《ふ》る。オクタヴィアは「凛々《りり》しいわね」と笑って手を振りかえした。ラディガーはユファエンに群がる少女たちを連れて中庭に出た。彼が声をかけると、ユファエンは大きな両翼《りょうよく》をばっと広げる。少女たちはますます瞳《ひとみ》を輝かせ、飛び跳《は》ねて翼に触り、きゃっきゃとはしゃいだ。

「あの子たちは私の天使よ」

オクタヴィアは愛《いと》しげに少女たちを眺《なが》めている。まるで母のような眼差《まなざ》しだ。

「泣いてばかりいた私を救ってくれた。あの子たちを立派に育て上げることが私の新しい夢なの。……変よね。子どもを産んだこともないのに母親気取りよ」

「……じゃあ、ハインツ様とは……」

ロザレーナは慌てて口をつぐんだ。オクタヴィアはゆっくりと首を振る。

「懐妊《かいにん》したかもしれないって思ったことが一度だけあったけど、間違《まちが》いだったの」

ハインツの訃報を聞く直前、それを知ったのだという。神は彼女から愛しい恋人を奪《うば》うだけでなく、彼との間に授かったかもしれない子どもさえも奪ったのだ。

握《にぎ》りつぶされたように視界が歪《ゆが》んで、ロザレーナはうつむいた。ロザレーナもハインツを亡くして涙《なみだ》に暮れたけれど、オクタヴィアはもっと胸を痛めたはずだ。人々の中傷を一身に受ける彼女には味方もなく、慰《なぐさ》めてくれる家族すらいなかった。

「……叔母《おば》様」

ロザレーナは下を向いたままつぶやいた。瞬《また》きすると涙が落ちる。

「私、ハインツ様のこと好きだったわ。でも叔母様のことも好きなの。今でも……」

交代で髪を梳るたびに、オクタヴィアは必ずロザレーナの髪を綺麗《きれい》だと褒《ほ》めてくれた。普段は自分の子どもっぽい髪があまり好きではなかったけれど、オクタヴィアに褒められると悪くないような気がして鏡の前で笑顔になった。母がいない寂しさをオクタヴィアは埋めてくれた。彼女には形のないものをたくさんもらった。

けれど、ロザレーナは一度もお返しをしたことがない。もらってばかりだ。

「……元気で……笑って暮らしてね。これからは、ずっと……」

声が切れ切れになる。一度あふれだすと涙が止まらない。ハインツには生きていてほしかった。オクタヴィアと結ばれてほしかった。二人には幸せになってほしかった。

やっと――やっとそう思った。いや……そう思うことができた。

オクタヴィアがやんわりと腕を回して肩を抱《だ》いてくれる。ロザレーナは懐《なつ》かしい彼女のぬくもりに包まれてしゃくりあげて泣いた。途中でふっと思い出して、手に提《さ》げていたバスケットを無言で差し出す。ラディガーにもらった大量の人参《にんじん》で作ったクーヘンだ。オクタヴィアへの手土産《てみやげ》にしようと思って今朝焼いてきた。

「まあ、おいしそう。皆にも分けてあげていい？　あの子たち、お菓子《かし》が大好きなの」

ロザレーナがうなずくと、オクタヴィアはユファエンの翼につかまって遊んでいる少女たちに声をかけようとした。ロザレーナはオクタヴィアの袖《そで》を摑《つか》んだ。瞳を覆《おお》った涙越《ご》しに叔母を見つめた。化粧《けしょう》もしていないのに昔と変わらず本当に綺麗な人だ。

「メディーセ大公子殿下《でんか》なんて、他人みたいな言い方じゃなくて、ハインツ様の名前を呼んであげて。叔母様は、ハインツ様の妻なんだから……」

二人の密会に居合わせたあの夜、ロザレーナは「ハインツ様の名前を呼ばないで!!」と泣き喚《わめ》いた。以来、オクタヴィアはロザレーナの前でハインツの名を口にしなくなった。もう子ども時代は終わったのだ。幼稚《ようち》な嫉妬《しっと》で叔母の心を縛《しば》りたくない。

オクタヴィアは言葉を失い、瞳に涙をにじませて温かく微笑《ほほえ》んだ。

「……ありがとう、ロザレーナ」

ぬくもりのある微笑《びしょう》につられて、ロザレーナも微笑みを返した。泣き笑いのようなへんてこな表情になってしまったけれど、笑えたことに心から安堵《あんど》した。

「見えてきたぞ」

ラディガーが指差す先には銀砂を振りまいたように光を帯びる森が広がっていた。

彼が騎乗《きじょう》するユファエンの高度を落とすので、ロザレーナもルコルに合図して降下し始めた。心地《ここち》よい夜だ。シェルピンクの巻き毛が洗われるように風になびき、ドレスの裾《すそ》が踊《おど》るようにはためくと心が弾《はず》む。鼻歌を歌いたいような気分で、ロザレーナはラディガーに続いて光る森の少し開けた場所に降り立った。

ルコルの背中から降りる際、ラディガーが手を差し伸《の》べてくれた。ダンスをするみたいで気恥《きは》ずかしかったが、ロザレーナは彼の手につかまって地面に降りた。

「リートの花って、星の欠片《かけら》に似てるわよね。夜空にいるみたいで綺麗だわ」

周りをぐるりと取り囲む大木には、銀色に輝く花が満開だ。花の形はクレマチスに似ている。花弁《はなびら》は白銀で星屑《ほしくず》をまぶしたようにきらきらと輝く。

リート石は鉱物だが、鉱山でとれるわけではない。花として木になるのだ。枝についているとき、リートはまだ石ではない。花弁が一枚一枚風に舞《ま》って落ち、一晩経《た》つと、硬化《こうか》して石になっている。満開のリートの大木に囲まれていると、自分が星の海底にいるかのような錯覚《さっかく》に陥《おちい》る。視界を満たすきらめきに目が眩《くら》みそうだ。

「ちょっと待っててくれ」

何を思いついたのか、ラディガーはユファエンに飛び乗って手前の大木の天辺《てっぺん》まで駆《か》け上がった。十数秒後にひらりと降りてくる。鞍《くら》から降りたラディガーは手にリートの花を一輪持っていた。それをロザレーナの髪にさし、満足げに笑《え》む。

「お前にはやっぱり花が似合うな。綺麗だ、ロザレーナ」

愛しげな眼差しを注がれ、ロザレーナはかあっと頬《ほお》が熱くなるのを感じた。いたたまれなくなって後ずさる。ぱっと身を翻《ひるがえ》して、地面に散らばったリート石をむしゃむしゃ食べているルコルの陰《かげ》に隠《かく》れた。リート石はユファエンの大好物だ。おいしそうに頬張《ほおば》っている横顔が可愛《かわい》いが、もふもふした白い毛並みを撫《な》でてやる余裕《よゆう》はない。

「なんで隠れるんだ？」

こちら側に回ってきたラディガーが首をかしげた。心臓が破裂《はれつ》しそうなくらい暴れている。ラディガーが見つめてくるせいだ。彼の眼差しは動悸《どうき》のもとだ。

「あっ、あなたがいやらしいことするからよっ」

「いやらしいことなんかしてないだろ」

「したわ！　私の髪にリートの花をさしたじゃない……！」

「それのどこがいやらしいことなんだ？」

ラディガーはいぶかしげに眉根《まゆね》を寄せる。ロザレーナは真《ま》っ赤《か》になって叫《さけ》んだ。

「私が恥《は》ずかしいことは全部いやらしいことなのっ！」

ロザレーナはルコルから離れて全速力で駆け出した。ドレスの裾をたくし上げて猛《もう》然《ぜん》と走る。ラディガーに誘《さそ》われてリートの森に来てみたが、彼と二人きりというのは非常にまずい状況だ。ラディガーといると心臓がおかしくなって、頭もぼーっとする。風邪《かぜ》かと思って宮廷医《きゅうていい》に診《み》てもらったけれど、宮廷医は風邪ではないという。

（ま、まさか……あの人参に毒でも入っていたんじゃないわよね……？）

ラディガーにもらったワーリャ公国産の人参は毎日モリモリ食べたので、あと数本しか残っていない。彼に人参をもらう以前もときどきこんなふうに体調がおかしくなっていたけれど、あの人参を食べてからなおさら悪化したような気がする。

「おい、待て！　ロザレーナ！」

「こっ……来ないで！　森を一周したら戻ってくるから！」

リートの花弁がひらりひらりと舞っている。もっと冷静だったら、星が降るような幻想《げんそう》的な光景に見惚《みと》れることができるのに、それどころではない。闇雲《やみくも》に走っていると、もともと心臓の調子が悪かったせいか、あっという間に疲れてしまった。

大木の幹の陰に身を隠して胸に手を当てる。すっかり息が上がっていて鼓動《こどう》が騒々《そうぞう》しい。ベールでもかぶってくればよかった。今宵《こよい》は満月だ。顔色が赤いのを隠せない。

「俺はすごいことに気がついたぞ！」

笑いまじりのラディガーの声が真珠《しんじゅ》をまき散らしたような森に響《ひび》き渡《わた》った。彼も近くまで来ているようだ。逃《に》げ出したいけれど、呼吸が慌《あわ》ただしくて走れそうにない。

「お前が俺のことをいつもいやらしいって言ってたのは俺のことが好きだからだ！」

「はあ!?　どうしてそうなるのよ!?」

思わず大声で言い返した。うろたえた甲高《かんだか》い声が花弁の雨に溶《と》けていく。

「お前が俺をいやらしいって言うときはお前が恥ずかしがってるときだからだ！」

「だから何よ!?　それとこれと何の関係があるっていうの!?」

「関係あるに決まってる！　好きじゃなかったら恥ずかしくも何ともないはずだろう？　好きだから恥ずかしいんだ！　恥ずかしいから好きなんだ！　そうか、そうだったんだ！　なんで今日まで気づかなかったんだろう！」

「ちっ、違うわよっ！　勘違《かんちが》いしないで！　あなたのことなんか好きじゃないわ！」

ロザレーナが全力で否定しても、ラディガーの笑い声は止まらない。「ずいぶん前から両想《りょうおも》いだったんだな！」と勝手に結論付けて大喜びしている。足音が弾んでいるから踊っているみたいに聞こえる。違うわ、と何度言ってもいっこうに聞こえていないようだ。ロザレーナは我慢《がまん》できなくなって幹の陰から飛び出した。

「違うって言ってるでしょ！　好きだから恥ずかしがってるわけじゃないの！」

髪を逆立てる勢いで叫んだが、視線の先にラディガーの姿はない。ひらひらと白銀の花弁が舞っているだけだ。まるで誰もいないかのように辺りは静まり返っている。

急に不安になって、ロザレーナはラディガーを呼んだ。返事はない。舞い散る不思議な花弁は月光に連ねられている。夜空から垂れる銀色の無数のリボンが風になびいているかのようだ。きょろきょろしていると、ふいにかすかな足音が近づいてきた。

はっとしたときにはすでに、ラディガーに後ろから抱きすくめられていた。

「好きだ――お前が好きだ、ロザレーナ……」

熱い声音《こわね》が髪にかかった。限界が近い。眩暈《めまい》がひどくて立っているのがやっとだ。

「これから何度でも言うからな。お前が俺を好きだって言ってくれるまで」

「そ、そんなの……やめてよ。は、恥ずかしい……じゃない」

思った以上に弱々しい声しか出ない。ラディガーは耳元で笑った。

「そういう婉曲《えんきょく》表現じゃだめだぞ。ちゃんとはっきり好きだって言え」

「だっ、だから、それは違うの！　あのね、恥ずかしいってことは恥ずかしいってことよ！　それだけ！　他の意味はないわ！　自分勝手な解釈《かいしゃく》しないで！」

逃げようとしてもがいたが、腰に回された腕はびくともしない。

「ロザレーナ……俺は今、お前の言ういやらしいことを考えてる」

吐息《といき》が首筋にかかり、あちこち散らかった思考がますます引っ搔《か》き回される。

「お前に口づけしたい」

「……く、口づけ……!? だっ、だめよっ。絶対だめ！」

「一度だけだ」

「だめ……！」

ロザレーナは力いっぱい言い放って、唇を尖《とが》らせた。

「なるほどね。あなたって、こうやって女性を誑《たぶら》かしてるのね」

「……は？」

「噂《うわさ》のことよ。女性をとっかえひっかえしてるって話。やっぱり二十分おきにそーゆーことしてるのね。庶子《しょし》が何十人いるんだか分かったものじゃないわ」

「お前までそんな噂信じてるのか!? あんなのは全部でたらめだ！ 俺に庶子なんかいない！ 欠片ほどもいない！ 影《かげ》も形もない！」

ラディガーはやけに自信たっぷりに否定する。ロザレーナはまだ信用できない。

「自分が知らないだけじゃないの？ そーゆーことしてる限り可能性はあるのよ」

「してない！ キスすらしたことないんだぞ！ 庶子なんかいるわけな――」

ラディガーは続きをのみこんで黙った。ロザレーナも黙った。とんでもない新事実が発覚したような気がする。彼の言葉をかみ砕《くだ》くのに時間がかかった。

「……ホントなの、それ……キスもしたことないって……」

奇妙《きみよう》な間があった。視界では白銀の花弁がリボンのように風に舞っている。

「……だったらいけないのか」

怒《おこ》ったように答えて、ラディガーはロザレーナの髪に鼻先を埋《うず》めた。

「ずっとお前しか見てなかったんだ。他の女になんか興味がなかった」

ぶっきらぼうな告白にいよいよ脈が速くなる。ロザレーナはうつむいた。

「……ふーん……」

「『ふーん』って何だよ。こっちは恥ずかしいのを我慢して告白したんだぞ」

「……だって、他に何て言えばいいか分からないんだもの」

認めるのは癪《しやく》だが、ラディガーは魅力《みりよく》的な青年だ。容貌《ようぼう》は減点のしようがないし、身分は高いし、射手としての腕前《うでまえ》は惚《ほ》れ惚《ぼ》れするほどだし、ときどき優しいし……。

舞踏会《ぶとうかい》ではいつだって美しい令嬢《れいじよう》たちが彼の周りに集まっていた。武芸大会でもラディガーは乙女《おとめ》たちの注目の的だった。彼女たちのうちの何人か、あるいは全員と恋人だったとしても全然驚《おどろ》かないくらいには、女性たちに慕《した》われている。

キスもしたことないなんて意外すぎる。ラディガーにキスされることを熱望している姫君たちはごまんといるだろうに、彼が望みさえすれば噂通り二十分おきにそーゆー行為《こうい》を楽しむことだって簡単にできるのに、ラディガーはそうしなかったのだ。

ずっとロザレーナだけを想ってきたから。

「つまり、噂は……嘘《うそ》なのね？」

「前からそう言ってるだろ。俺が好きなのは昔も今もお前だけだ」

くぐもった返答が胸の奥に響く。ロザレーナは腰に巻きついた腕に手を添《そ》えた。

「……じゃあ、いいわよ」

「いいって何が？」

「……さ、さっき、したいって言ってたこと……しても、い……いいわ」

ぎこちなく答える。のぼせたみたいに頬が火照《ほて》ってどうしようもない。

「……いいのか？　本当に」

こくりとうなずいた。すると、腰に回された腕の力が緩《ゆる》んだ。ラディガーはロザレーナの前に来る。彼の足元が視界に入ったとたん、激しく鼓動が乱れた。

「ちょ、ちょっと待って……目を閉じて。私、変な顔してるから見られたく……」

頬に硬《かた》い掌《てのひら》があてがわれ、ぴくりと震《ふる》えた。ただでさえ湯気が出そうなのに、頬がもっと熱を帯びる。ラディガーの手はこんなにも大きかったのだと改めて知った。

「嘘をつくな。変な顔なんかしてないじゃないか」

ゆっくりと顔を上向かされて、ラディガーと視線が交わる。シャドーブルーの瞳《ひとみ》に映る自分は狩人《かりゅうど》に追い詰《つ》められたウサギのように縮こまっていた。

「……どんな顔、してるの」

こわごわとした問いには、愛おしげな微笑《びしょう》が返された。

「すごく可愛い。ウサギみたいに」

ラディガーが間近で甘く囁《ささや》くから、ロザレーナの病状は悪化するばかりだ。羞恥《しゅうち》で赤く染まった頰を撫でられ、おろおろする唇をふさがれる。ぬくもりが重なった瞬間、心臓が止まりかけた。一瞬驚《おどろ》いて目を見開いたが、徐々《じょじょ》に眠りに落ちるように瞼《まぶた》が重くなる。視界が暗くなると一つになった熱がよりいっそう確かに感じられた。

唇が離れるまでにずいぶん時間がかかったように思う。ゆるゆると瞼を上げると、靄《もや》がかかったような視界にラディガーの困り顔が映りこんだ。

「口づけは、あまりしないほうがいいかもしれないな」

「……どうして？　よく、なかったの？」

胸に灯《とも》った熱が急速に冷えていく。ロザレーナは口づけの余韻《よいん》でくらくらしているというのにラディガーは違うらしい。切ない気持ちでいっぱいになってうなだれた。

「……何よ、失礼ね。あなたがしたいって言うからしてあげたのに文句言うの」

「文句なんか言ってない」

ラディガーはロザレーナの髪を撫《な》でている。ウサギを撫でるみたいに優しい仕草《しぐさ》だ。

「お前の唇は甘すぎて危険だと思ったんだ。病《や》み付きになって、夢中になって、お前に口づけしないと一日も生きられないようになってしまいそうだ」

もう一度唇を味わいたいと言いたげにラディガーが囁く。くるおしげな眼差《まなざ》しはロザレーナを戸惑《とまど》わせた。求められているのだということを痛いくらい感じる。

「……そんなの、別にたいしたことじゃないわよ」

ふわふわする身体《からだ》を持て余しつつ、ロザレーナはぼんやりとラディガーを見上げた。

「毎日……すればいいんだから」

ラディガーは目を細めた。ロザレーナの腰をぐっと抱《だ》き寄せる。

「じゃあ、そうしよう。毎日、口づけするんだ」

「……今日の分は、もう済んだわよ?」

「それは昨日の分だ。たった今、日付が変わったからな。今日の分はこれからだ」

そんなわけないわよ、と言い返そうとした唇はたちまち奪《うば》われてしまう。キスがこんなにも甘いものとは知らなかった。ワーリャ公国産の人参《にんじん》の何百倍も甘い。

(……一日に二回は、やりすぎだわ……)

人参が苦くなっちゃうじゃない、と文句を言ってやろうと思ったけれど、唇が解放される頃《ころ》には、数分前に自分が何を考えていたのかさえ思い出せなくなっていた。

「ご機嫌ですねえ、殿下《でんか》。鼻歌なんか歌っちゃって」

さくさくと政務をこなしていたラディガーは冷やかすようなギルの声で顔を上げた。

「鼻歌なんか歌ってたか？」

「とても楽しそうにね。ああ、神を恨《うら》まずにいられない。神が殿下に音楽の才能をお与えになっていたらいい具合に恋を盛り上げてくれたのに。ひどい騒音《そうおん》だ」

ソファに腰かけたギルは美しい女官を膝《ひざ》の上にのせている。テーブルにはサクランボを山盛りにしたガラス製の皿が置いてあって、ギルは艶々《つやつや》した赤い実を一つ一つ取って女官の口に運んでいた。サクランボも女官もいつの間に持ちこんだのか分からない。いや、それどころか、いったいいつギルが入室してきたのかも分からない。

「勝手に入ってきて人の鼻歌にケチをつけるな」

「殿下があまりにご機嫌なので茶々を入れたくなったんですよ。このところ、毎日楽しそうになさっていますね。結構なことです」

「ま、まあな……。天気がいいからだな、たぶん」

きりっと表情を引き締《し》めるがすぐに口元が緩んでしまう。ロザレーナが唇に口づけすることを許してくれた。これはとてつもなく大きな前進だ。

あれから毎日口づけをするのが習慣になっている。ロザレーナは恥《は》ずかしそうに頬《ほお》を染めるが、拒《こば》みはしない。彼女はいやなことははっきりといやだと言う性格だ。いやと言わないということはいやではないということだ。口づけを拒まれないのなら、ロザレーナに本当の意味で好きと言ってもらえる日も近い。

上機嫌《じょうきげん》で書面に目を通していると、ネージュ侯国《こうこく》の東部にヴァイネスが複数発生したという文面が飛び込んできた。

（ネージュ侯国にはセスティアン公爵《こうしゃく》未亡人がいらっしゃるな）

幸い、複数発生したヴァイネスはどれも小規模だそうだ。ネージュ部隊が順調に片付けていると記されている。ヴァイネスが現れた際、最初に対処するのはその国の部隊だ。彼らの手に余るようなら周辺国の部隊が加勢することになっている。

たいていの場合、それで片が付くので、ラディガー率いるシュザリア部隊がシュザリア皇帝領《こうていりょう》を越《こ》えて動くことはあまりない。

「おい、ギル。どこへ行くつもりだ？」

ギルが女官を抱《かか》え上げて席を立つので、ラディガーは彼を睨《にら》んだ。ギルは気《け》だるそうにゆるりと振《ふ》り返った。女性たちを誑《たら》しこむ魅惑《みわく》の微笑を主君に向ける。

「殿下も交ざります？」

「交ざるって何に……あっ……ばっ、ばかめ、誰が交ざるか!!」

慌《あわ》てて厳《いか》めしい表情を作り、ラディガーは大声で言い返した。

「俺はロザレーナ一筋《ひとすじ》だ!! 他の女になど――」

「はいはい。では、失礼しますよ。私の可愛《かわい》い恋人が殿下の調子はずれな鼻歌のせいで頭痛がすると言っているので、介抱《かいほう》してあげなければ」

「ちょっ……ま、待て！ だからお前、そこは俺の部屋だって……」

ラディガーの制止を当たり前のように受け流し、ギルは女官を連れて隣室《りんしつ》に消える。

ドアが閉まるのを確認した後、ラディガーはいそいそと席を立って戸棚《とだな》の中からバスケットを取り出した。上に広げられた人参模様のハンカチをめくると、人参形のカードが出てきた。一文字一文字がやたらと大きいのはロザレーナの筆跡《ひっせき》の特徴《とくちょう》だ。

『疲れたら人参のブラウニーを食べて休んでね』と書いてある。

午餐《ごさん》のときロザレーナにもらったものだ。ロザレーナによれば、先日彼女の髪にさしたリートの花の返礼だという。人参は嫌いだが、ロザレーナは好きだ。

だから食べる。たとえチョコレート生地《きじ》が見えないくらい人参のすりおろしがびっしり詰まっているとしても、ロザレーナが作ってくれたものだ。むろん食べ切る。

「……これをうまいと思えるようにならなければ俺の愛情も本物じゃないな……」

などと独り言をつぶやきながら、ラディガーは濃厚《のうこう》な人参の味がチョコレートの風味を打ち消している人参ブラウニーと格闘《かくとう》した。そして見事に勝利をおさめた。

「……遅い。遅すぎる。ロザレーナはまだ来ないのか？」

ラディガーが椅子《いす》から立ち上がると、ギルがゴブレットを傾《かたむ》けて笑った。

「またですか。一分前にもそうお尋《たず》ねになりましたよ、童て……失礼。皇太子殿下」

「命拾いしたな、ギル。忠告しておくが、次はないぞ」

ギルの顔面を的にして引き絞《しぼ》った矢を下げ、ラディガーは椅子に腰を下ろした。

今夜はラディガーの誕生日を祝う仮装舞踏会《かそうぶとうかい》だ。思い思いの仮装に身を包んだシュザリア帝国《ていこく》中の王侯《おうこう》貴族がマズルカのリズムに合わせて千花模様《ミルフルール》の床《ゆか》の上を滑《すべ》るように踊《おど》っている。例によってラディガーは壇上《だんじょう》の椅子からそれを眺《なが》めていたが、先程から苛々《いらいら》し通しだ。何十時間も待ったような気がするのに、ロザレーナが現れない。

「じきお見えになりますよ。花を愛《め》でながらのんびり待ちましょう」

陽気に微笑《ほほえ》むギルは吸血鬼の扮装《ふんそう》をしている。彼が漆黒《しっこく》のマントで隠《かく》すように抱いている金髪《きんぱつ》の美女は身体の線もあらわな薄手《うすで》のドレス姿だ。ネグリジェとかいうはしたない衣服に似ているが、ギルによればニンフの仮装なのだという。

「殿下ももうすぐ姫と結ばれておしまいになるんですねぇ」

ギルは金髪のニンフの首筋に嚙《か》みつくふりをして彼女をからかっている。

「これからは『うちの主君、いい年して女性経験ゼロなんですよー』なんて会話の糸口に使えなくなりますね。寂《さび》しくなるなぁ」

「そんな糸口、今も使うな！　ご自慢《じまん》の両目を射貫《いぬ》かれたいのか！」

狩人の衣装を身に着けたラディガーは苛立《いらだ》たしげに肘掛《ひじかけ》を叩《たた》いた。

「ご心配なく。皆さん、殿下が女性経験皆無《かいむ》だなんて信じてくださいませんから。それもこれも、私が流した噂《うわさ》のおかげですよ。いいことをしたなあ、自分」

「……噂……？　まさか……俺に関する妙《みょう》な噂を流したのはお前なのか!?」

「はい、そうですよ」

ラディガーが目をむくと、ギルはニンフの白い肩に口づけして微笑んだ。

「殿下がお可哀想《かわいそう》なのでせめて噂の中だけでも夢を叶《かな》えて差し上げようかと」

「二十分おきにいかがわしい行為《こうい》をしたいなんて俺は思ってないぞ！」

「おや、そういうことになってるんですか？　私は四時間おきと言ったはずなんですが。噂に誇張《こちょう》はつきものとはいえ、二十分はちょっと早すぎますねえ」

金髪のニンフと意味ありげにくすくす笑いあっているのがむしょうに癪《しゃく》に障《さわ》る。

「お前が余計なことをしたせいで俺はロザレーナに誤解されたんだ！」

「お気の毒ですが、二十分おきのことは私のせいじゃありませんよ。私は殿下の名誉《めいよ》のためにちゃんと四時間おきって言ったんですから」

「時間の話じゃない！　俺が女性をとっかえひっかえしてる不実な男みたいに――もういい！　お前と話してると腹が立つ！　ロザレーナを迎《むか》えにいってくる！」

金糸銀糸で縁取《ふちど》られた黒ラシャのケープをバサッと払《はら》って席を立つ。ブーツの房飾《ふさかざ》りを揺《ゆ》らしながら壇上から駆《か》け降りた。そのときだ。大広間の扉《とびら》が開かれた。

「マーツェル王国第一王女、ロザレーナ姫！」

侍従長《じじゅうちょう》の声で舞曲《ぶきょく》が止まった。王侯貴族たちは典雅《てんが》に衣服の裾《すそ》をさばいて左右に散り、大広間の中央をあける。淑《しと》やかな衣擦《きぬず》れの音と共にロザレーナが現れた。

「……ロザレーナ！　なんて可愛いんだ……っ！」

婚約者の姿を視界にとらえた瞬間、ラディガーは無意識のうちにつぶやいていた。

隣に並んだギルが笑いまじりに「殿下、心の声がもれてますよ」とたしなめたが、ラディガーの耳には入らない。瞬《またた》きさえせず、未来の皇太子妃《こうたいしひ》に見惚《みと》れる。

華奢《きゃしゃ》な身体《からだ》を包むのは花嫁のような純白のドレス。妖精《ようせい》の羽根を思わせるチュールが幾重《いくえ》にもなったスカートはふんわりと大きく膨《ふく》らみ、彼女が身動きするたびに霞《かすみ》のように繊細《せんさい》に風を孕《はら》む。上品に開いた胸元には可憐《かれん》なバラ結びが並び、細腰《ほそごし》は宝石を連ねた金鎖《きんさ》のベルトで強調されている。そして何より目を引くのが髪型だ。

ロザレーナはシェルピンクの巻き毛を二つに分けて括《くく》り、黒サテンのリボンと花輪で飾《かざ》っていた。ウサギの耳みたいに垂れた髪には星をデザインした小さなダイヤモンドの髪飾りがちりばめられていて、流れ星の雨に降られた後のようだ。

ウサギの扮装をしてほしいと要望を出したのはラディガーだ。ロザレーナは「二つ結びなんて子どもっぽいからいや」と拒否《きょひ》していたが、二つ結び信奉者《しんぽうしゃ》として名高いグィード王がラディガーの味方についてくれたので、何とか彼女を説得できた。

ロザレーナはレースの長手袋をつけた手でドレスの裾をつまみ、奥《おく》ゆかしい足取りで歩いてくる。婚約披露《ひろう》の舞踏会と違《ちが》って気恥《きは》ずかしそうにうつむき加《か》減だ。

ラディガーは大広間のドアのそばに立つグィード王とちらりと視線を交わした。

いや、グィード王というよりクマなのだが——未来の義父《ちち》はクマの着ぐるみを着ている——グィード王とラディガーは一瞥《いちべつ》で心を通じ合わせた。

(ご協力に感謝します、義父上!!　最高の贈《おく》り物です!!)

（息子よ!!　私こそ、君の素晴らしい提案に礼を言いたい!!）

グィード王が着ぐるみの内側で感激の涙《なみだ》を流していることは想像に難《かた》くないが、そんなことはどうでもいい。ラディガーは羽根飾りがついたフェルト帽《ぼう》の角度を左手で軽く直し、駆け寄りたいのを我慢《がまん》して優雅《ゆうが》な足取りで彼女に歩み寄った。

花火を模して作られたひときわ大きなシャンデリアの下で二人は出会う。

ロザレーナは顔を上げられないでいた。ラディガーの靴先を見ながら言う。

「遅れてごめんなさい。髪を整えるのに時間がかかったのよ。変じゃなきゃいいけど……結構恥ずかしいのよ。人前でこんな子どもみたいな髪型……。あなたがこうしろっていうからしてきたけど……」

ぼそぼそと言い訳していると、黒革の手袋をしたラディガーの手にそっと右手を取られた。手袋越《ご》しに触《ふ》れられただけなのに呆《あき》れるほど鼓動《こどう》が乱れてしまう。

「愛らしいウサギ姫。どうかこの狩人《かりゅうど》と踊っていただけませんか？」

恭《うやうや》しいダンスの申し込みのせいで、ロザレーナはリンゴのように赤くなった。うなずこうとしてやめる。すまし顔して、意地悪く眉《まゆ》を吊《つ》り上げた。

「まあ、怖《こわ》い。ダンスなんて口実でしょ？」

「口実？」

「本当は私を仕留めて食べるつもりなんでしょう。だってあなたは狩人だもの」

仮装舞踏会での戯《たわむ》れの一つだ。衣装の役柄《やくがら》になりきって、普段とは違う自分を楽しむ。ラディガーは何と返事をするだろうと思ってドキドキしながら待つ。

「仕留めて食べるなんてとんでもない」

ラディガーは挑発《ちょうはつ》するように口元を歪《ゆが》め、ロザレーナの手に口づけした。

「生《い》け捕《ど》りにして閉じ込めるつもりですよ。黄金の囲いの中に」

「囲いなんか嫌い。狭《せま》いのはいやなの。きっとすぐに逃《に》げ出すわ」

「貴女《あなた》は逃げられない。一度中に入れば、一生俺のものだ」

ぐいと手を引かれ、抱《だ》き寄せられた。腰に回された腕が身動きすらできないほどきつくロザレーナを閉じ込める。シャドーブルーの瞳《ひとみ》にとらえられて、ロザレーナはぼうっとした。ふと正気に戻《もど》ってカメリア色の双眸《そうぼう》でラディガーをちくりと睨む。

「囲いに閉じ込めたって無駄《むだ》よ。簡単に飛び越えられるわ」

「じゃあ、囲いの他に鎖《くさり》も使おうか」

ラディガーは低く囁《ささや》いた。彼の声音《こわね》は魔法《まほう》のように心にしみていく。

「逃げないようにつないでおこう。甘いキスの鎖で」

唇をふさがれ、ロザレーナは反論を諦《あきら》めた。交わった熱がすべてをあやふやにする。

（……今朝もキスしたのに……）

リートの森で唇を許してからというもの、ラディガーは顔を合わせるたびに口づけを求めてくる。一日に何度も唇を奪《うば》われるから、ロザレーナは恥《は》ずかしくて堪《たま》らない。

「毎日口づけするとは言ったが、一日一回とは言ってないぞ」

やりすぎよと抗議《こうぎ》するロザレーナに、ラディガーは屁理屈《へりくつ》で対抗《たいこう》する。周りに人がいても構わずキスしてくるラディガーに回数制限を提案しているのだが、その話を持ち出すたびに口づけでうやむやにされてしまう。

負けたみたいで悔《くや》しいが、彼とキスすること自体が嫌《きら》いなわけではない。こうしてラディガーの腕に抱かれて他に欲しいものはないというように何度も唇を求められていると、胸の奥が炎を宿したように熱くなって彼のこと以外何も考えられなくなる。

「覚えておけ、ウサギ姫」

長い口づけの後で、ラディガーは靄《もや》がかかったようなロザレーナの瞳をのぞきこんだ。愛《いと》しげに髪を撫《な》でられていると、胸が高鳴るのを止められない。

「貴女を生け捕りにしておくのは婚礼《こんれい》までだ。その夜には仕留めて食べるからな」

甘美《かんび》な余韻《よいん》に酔《よ》いしれていたロザレーナはさーっと青ざめた。

「こっ、婚礼の夜に私を食べる!?　ちょっ……そ、それって……冗談よね!?」

「冗談なわけないだろ。婚礼の夜だぞ。花嫁は花婿《はなむこ》に食べられる定めだ」

「さ、さだめ!?　じゃあ私、あと一月《ひとつき》の命なの!?」

「は……？　一月の命？」

「……いっ、いやぁあ――――っ!!」

ロザレーナは絶叫《ぜっきょう》した。ラディガーの腕の中から逃げようとじたばたする。

「結婚式の夜に殺されて食べられるなんて聞いてないわよ……!!　死んじゃったらもう人参《にんじん》食べられないじゃない!!　人参ゼリーも人参のトルテも人参スープも……そんなの絶対いやっ!!　殺されるならあなたとの結婚やめるわっ!!」

ありったけの力を振《ふ》り絞ってラディガーから逃げようと暴れる。ラディガーは焦《あせ》った様子でロザレーナを抱きすくめ、耳元に口を寄せた。

「ばかだな、食べるってのはそういう意味じゃないぞ」

ロザレーナは抵抗《ていこう》をやめた。涙目になってラディガーを見上げる。

「……どういう意味なの……？」

唇からこぼれた声音が消え入りそうなくらいおとなしくて我ながら驚《おどろ》いた。ラディガーの腕の中にいると自分がひどくか弱い生き物になったような気分になる。

「つまり……、お、俺とお前が……む……結ばれるってことだ」

「結ばれる？　それって結婚するってことでしょ。結婚することと食べることとどういうつながりがあるっていうのよ」

「……け、結婚したからには……その、お、同じ寝室で過ごすことになるわけで……同じ寝室で過ごすっていうのは……あ、朝まで、二人きりでいるってことで……」

言いにくそうにもごもごと口ごもって、ラディガーは目をそらした。どうもはっきりしないから、ロザレーナはだんだん苛立《いらだ》ってきて彼の両頰《りようほお》を掌《てのひら》で挟《はさ》んだ。

「あなたの話は散漫《さんまん》で分かりにくいわ。食事、結婚、睡眠って話がぽんぽん飛んでるじゃない。結婚も睡眠もどうでもいいの。私が知りたいのは、婚礼の夜にあなたが私を食べるって言ったことの具体的で明確な意味よ。ズバッと言って」

「……もういい。この話はやめよう。ダンスを……」

「待って!!　結局、私は結婚式の夜にあなたに食べられちゃうわけ？　それってものすごくいやなんだけど!!　あなたが私を食べるつもりなら私は結婚しないわよ!!」

ラディガーはうっと言葉に詰《つ》まった。諦めたように重々しく溜息《ためいき》をもらす。

「……分かった。お前を食べたりしないから結婚しないなんて言うな」

「約束よ。もし結婚式の夜にあなたが私を食べようとしたら全力で抵抗するからね」

ラディガーがうなずく。ロザレーナは胸を撫で下ろした。生命の危機は去った。

「そろそろダンスを再開してもよいかな？」

いつの間にか二人のそばに来ていた老農夫が人の良さそうな笑みを浮《う》かべて尋《たず》ねた。

シュザリア皇帝《こうてい》アルフォンス五世だ。継《つ》ぎ接《は》ぎだらけのみすぼらしいシャツとズボンに身を包み、ボロボロの麦藁帽《むぎわらぼう》をかぶっているアルフォンス五世は、この老人が本当に皇帝なのかと疑いたくなるほど農夫の恰好《かっこう》が板についていた。

「ええ、もちろんです、皇帝陛下《へいか》」

ラディガーは祖父に丁寧《ていねい》にお辞儀《じぎ》をして、ロザレーナに向き直った。

「ウサギ姫と踊《おど》るために今夜はここへ来たのですから」

アルフォンス五世はくるりと後ろを向いて、楽士たちに手を振った。

「我が孫に音楽の贈り物をしよう！　『ウサギのワルツ』だ！」

陽気な老農夫の一声で、楽士たちはおのおの楽器を構えた。ほどなくして緩《ゆる》やかな旋律《せんりつ》が流れ始める。ラディガーに促《うなが》され、ロザレーナはゆったりとしたメロディーに合わせてステップを踏《ふ》んだ。大きな掌に預けた手が熱い。ダンスは得意ではないけれど、ラディガーにリードされると頭で考えなくても身体が勝手に動く。

「俺が贈った耳飾《みみかざ》りをつけてるんだな」

ロザレーナの右耳では小粒《つぶ》のサファイアが揺れている。ラディガーの瞳のほうが美しいと思うけれど、耳飾りに連ねられたサファイアも溜息がもれるような逸品《いっぴん》だ。

ラディガーが嬉《うれ》しそうにそれを見ているから、ロザレーナははにかんだ。

「似合ってる？」

「ああ、とてもいい。今夜のお前は可愛《かわい》すぎて、一秒も目を離せない」

ワルツの音色がやけに遠くで聞こえる。大広間には仮装した王侯《おうこう》貴族が大勢いるのに、二人きりで踊っているみたいにラディガーしか目に入らない。

「あなただって、す……素敵《すてき》よ。こんな狩人に森で遭遇《そうぐう》したら捕《つか》まっちゃうかも」

二つ結びなんて子どもっぽいと思っていたけれど、ラディガーが喜んでくれたのならそれでいい。今日は彼を祝福する夜会だ。できるだけ喜んでもらいたい。

「森でお前みたいに可愛いウサギ姫を見つけたら、絶対に逃《に》がしはしない。罠《わな》を仕掛《しか》けて捕まえる。新鮮《しんせん》な人参を山盛りにして置いておくんだ。お前が人参に夢中になっている隙《すき》に後ろから抱きしめて、鎖をつけて連れて帰る」

からかうような囁きにどきりとしつつも、ロザレーナはふんと鼻を鳴らした。

「考えが甘いわよ、狩人さん。ウサギ姫は人参を食べたらすごーく元気になっていつも以上に強くなるの。あなたなんか一撃《いちげき》でぶっ飛ばされるわよ」

「考えが甘いな、ウサギ姫。俺が罠に使う人参は眠《ねむ》り薬《ぐすり》を溶《と》かした水で育てたものだ。お前は人参を食べて元気になるどころか、俺の腕の中で眠りこけてしまうんだぞ」

ラディガーがロザレーナの身体をくるりと回して笑う。ドレスの裾《すそ》をつまんで軽やかに回転し、ロザレーナは唇を尖《とが》らせてラディガーを見上げた。

「薬を使うなんて卑怯《ひきょう》だわ。これだから人間はいやなのよね」

言葉とは裏腹に、足取りは雲の上で踊っているみたいに軽い。尖らせた唇からも笑みがこぼれた。ラディガーの花嫁に選ばれたと知ったとき、月を真っ二つにするほど憤慨《ふんがい》していたのが嘘《うそ》のようだ。彼と過ごす時間は思いのほか楽しい。

（……私、ラディガーのことが好きなのかしら……？）

この問いにぶつかると思わず否定したくなる。けれど、決してラディガーのことを嫌っているわけではなくて、単なる長年の習慣のせいだ。

「ラディガー……、誕生日の贈《おく》り物は何がいい？」

ワルツが終盤《しゅうばん》に差し掛《か》かる頃《ころ》、ロザレーナは思い切ってそう切り出した。

「実はね、最初はトルテにしようと思ったの。とっておきの人参クリームをたっぷり使ったトルテね。でも、考えてみればお菓子《かし》なんてしょっちゅうあげてるじゃない？人参のクッキーもブラウニーも何度もあげたし、食べ物じゃ芸がないわって」

「……そ、そうだな……」

「他にこれといったものも思いつかないのよね。私からあげられるものなんてたいしたものじゃないし……だから、あなたに直接欲しいもの聞こうと思って。もちろん、私があげられるものじゃなきゃだめよ？　例えば月みたいに大きい人参とか、人参が出てくる壺《つぼ》とか非現実的なものはだめだからね。できるだけ頑張《がんば》るけど――」

急に唇をさらわれて、ロザレーナは続きを打ち切った。

「贈り物なら、もうもらったぞ」

ラディガーはロザレーナの頬を撫でた。柔肌《やわはだ》を滑《すべ》る革の感触《かんしょく》がもどかしい。

気づけば、舞曲《ぶきょく》はワルツからエスタンピに変わっていた。花火に似せて作られたシャンデリアの下で、着飾った紳士《しんし》淑女《しゅくじょ》たちが輪を作って飛び跳《は》ねている。

ロザレーナとラディガーはステップを踏むのをやめて見つめ合っていた。

「お前が来てくれた。それだけで俺は幸せなんだ」

どうしてラディガーはこんなにもロザレーナを想《おも》ってくれるのだろう。彼を虜《とりこ》にするほどの魅力《みりょく》が自分に備わっているとは到底《とうてい》思えないのだが。

「……ラディガー、私……」

あなたのことが好きかもしれないわ、と口にしようとして言葉がつかえた。好きだなんて恥ずかしすぎる。人目のある場所で面と向かって言えるはずがない。

「何だ、ロザレーナ。お前の声を聞かせてくれ」

ラディガーはロザレーナの手に指を絡《から》めた。混じり合う指の感触が脈を速くする。

「……私、あなたのこと……好きになりそう……かも」

「『好きになりそうかも』？　ずいぶん不確実なんだな」

ラディガーは面白そうに笑い、奪うようにロザレーナの唇をふさいだ。

「俺を好きだと言うまでキスをやめないと言ったらどうする？」

「えっ……だっ、だめよ、そんなの……！　卑怯だわ！」

「諦《あきら》めろ、ウサギ姫」

ラディガーはロザレーナの腰をぐっと抱き寄せた。蠱惑《こわく》的な瞳《ひとみ》を細める。

「お前は罠にかかったんだ。狩人《かりゅうど》の手に捕《とら》えられれば、あとは――」

「口説き文句を遮《さえぎ》るのは心苦しいのですが、童て……皇太子殿下《でんか》」

にこやかに声をかけてきたのはヨゼロッソ侯爵《こうしゃく》ギルノーツだった。

「何の用だ、ギル。あと『童』のつく単語を口にするな。死にたくなければな」

ラディガーが忌々《いまいま》しげに睨《にら》みつける。吸血鬼に扮《ふん》したギルは「申し訳《わけ》ない」とマントを払《はら》って芝居《しばい》がかった仕草《しぐさ》でお辞儀をした。鋭い牙《きば》をのぞかせて微笑《ほほえ》む。

「癖《くせ》なんです。ほら、皇太子と『童』のつく単語って似てるじゃないですか」

「似てない!! これっぽっちも似てない!! 用件はそれだけか!? だったら、さっさと向こうへ行け！ 俺はロザレーナを可愛がるので忙《いそが》しいんだ！」

「お楽しみを邪魔《じゃま》するのは気が咎《とが》めますが、ウサギ姫を愛《め》でるのはまたの機会に」

ラディガーが無言で眉《まゆ》を跳ね上げる。ギルはすっと表情を改めた。

「ネージュ部隊から援軍《えんぐん》の要請《ようせい》がありました。ただちに騎士《きし》たちを集めますので、軍議にご出席ください」


ネージュ侯国《こうこく》に発生した三体のヴァイネスは、当初、たやすく終息するものと思われた。発生場所はネージュ侯国の東部に広がる沼地《ぬまち》。いずれも小規模でネージュ部隊が対応に当たった。三体のうちの二体はまもなく仕留められ、一体を残すのみとなったとき、不測の事態が起こった。今度は西部で四体のヴァイネスが発生したのだ。

この時点でネージュ部隊は隣国《りんごく》のメディーセ大公国に応援《おうえん》を求めた。要請に応じてメディーセ部隊がネージュ侯国西部に到着した直後だ。同国南部で五体のヴァイネスが時間をあけずに発見された。複数のヴァイネスが同時に生じることはさほど珍《めずら》しくないが、これほど数が多い事案は歴史的に見ても前例が少ない。

「――ラディガー！」

ロザレーナは軍議を終えて部屋から出てきた軍装のラディガーに駆《か》け寄った。すでにウサギの扮装《ふんそう》は解き、軍服風に仕立てられた動きやすいドレスに着替えている。長い髪は一つにくくって邪魔にならないようにし、宝飾品《ほうしょくひん》は右耳のサファイアだけだ。

「叔母《おば》様は？　マリリカ女子修道院は無事なの？」

オクタヴィアのいるマリリカ女子修道院はネージュ侯国の南部に位置する。オクタヴィアと共に、修道院で暮らす元気な孤児《こじ》たちの顔が次々に浮かんだ。

「ヴァイネスが出たのは南部の中心部だ。マリリカ女子修道院があるメディーセ大公国との国境沿いに被害《ひがい》はない」

マリリカ女子修道院が無事だと聞いて安堵《あんど》したものの、胸が痛むことに変わりはない。国境沿いに被害がなくても、ヴァイネスの発生源ではそうはいかないだろう。ハインツを喪《うしな》ったときの疼痛《とうつう》が蘇《よみがえ》る。今この瞬間も誰かの大切な人が影《かげ》の手に襲《おそ》われているかもしれないのだと思うと、緊張《きんちょう》で強張《こわば》った肩にさらに力が入った。

「出立《しゅったつ》はいつ？」

「ユファエンの準備が整い次第《しだい》出発する」

「じゃあ、私も急いでルコルの支度《したく》をするわね」

ひらりと身を翻《ひるがえ》そうとしたロザレーナはラディガーに腕を掴《つか》まれた。

「お前はマーツェル部隊の所属だろう」

「マーツェル部隊に出撃《しゅつげき》命令は出てないの？」

ラディガーは首を横に振《ふ》り、ロザレーナの肩を掴んだ。

「もし、今後マーツェル部隊に命令が出てもお前は同行するな」

「どうして？　私だってマーツェルの騎士よ。命令があれば戦うわ」

「これは別の機会に話そうと思っていたんだが、いずれお前はマーツェル部隊から除隊してもらうつもりだ」

とっさに言い返そうとしたロザレーナをラディガーは視線で黙らせる。

「皇太子妃《こうたいしひ》が騎士団の団員だったことは過去に例がない。結婚したら慣例通り、お前も騎士をやめろ。ルコルや斧槍《ハルバード》までは取り上げない。ただ戦闘《せんとう》には参加するな」

「そんなのいやよ！　私だって戦えるのに――」

「ロザレーナ……もう忘れたのか？　森でヴァイネスと遭遇したとき、俺が助けにいかなければどうなっていた？」

「……あれは、一人だったから……」

「一人だったのに、なぜヴァイネスを発見次第、呼び笛で連絡しなかった？　お前は自分で言っていたな。すべての武器がそろっていなければ攻撃《こうげき》するべきじゃないと。武器というのはリート石や斧槍だけじゃないぞ。騎士の頭数も入っているんだ」

ロザレーナは何も言い返せない。声が喉《のど》の奥に詰《つ》まったように出てこない。

「中途半端《ちゅうとはんぱ》に攻撃すればヴァイネスを刺激《しげき》する。影の手の動きが激化して被害が拡大することも考えられた。お前はあの母子《おやこ》を見捨ててでも応援を待つべきだったんだ。本体にのみこまれても三日以内に本体を始末すれば助かるんだから」

あのとき、ロザレーナは一人でヴァイネスを仕留めるつもりでいたから応援を呼ぶのが遅れた。ほんの数分の遅れだ。だが、危険を増やすには十分すぎる時間だった。

「致命《ちめい》的な過《あやま》ちはお前が本体にのみこまれそうになったことだ。ヴァイネスが好んで騎士を捕食《ほしょく》する理由は知ってるだろう？　騎士は可能な限り本体にのみこまれてはいけない。ヴァイネスの力を殺《そ》ぐために武器を振るう騎士がやつらの餌《えさ》になってどうする？　やつらに力をつけさせるために俺たちはユファエンに乗るんじゃないぞ」

ラディガーの瞳を見ていられなくて、ロザレーナはうつむいた。

「冷静な判断ができず、たった一人で無謀《むぼう》な戦い方をした。結果、ヴァイネスに餌を与えるところだった。お前の騎士としての能力はその程度だということだ」

何もかもラディガーが指摘《してき》する通りだ。戦闘の最中に決して忘れてはいけないことは、天獅子騎士団の騎士がヴァイネスにとって恰好《かっこう》の餌になるということだ。

負傷などで戦えないと判断すれば自ら戦線を離脱《りだつ》することも騎士たちには言い渡《わた》されている。蛮勇《ばんゆう》を振るって無理に戦闘を続けた末、ヴァイネスにのみこまれてしまえば敵に寝返《ねがえ》るも同然だ。三年前の戦闘でもハインツたちが本体にのみこまれたからヴァイネスはますます勢いをつけた。そんなことは理解しているはずだったのに。

「お前を傷つけたくてこんなことを言っているんじゃないんだ」

ラディガーはロザレーナの肩を抱《だ》き寄せた。右耳のサファイアが揺《ゆ》れる。

「ハインツみたいに目の前でお前を喪いたくない。安全なところにいてくれ」

頼むから、と耳元で響《ひび》く声音《こわね》に嘘《うそ》はない。ロザレーナは彼の愛情に応《こた》えるようにラディガーの背に腕を回した。焼けるような喉から「分かったわ」と声を絞《しぼ》り出す。

「気をつけて。怪我《けが》をしないように……命をちゃんと持って帰ってね」

「ああ、必ず帰る。お前のところに」

ラディガーはロザレーナの顔をのぞきこんだ。見つめ合えば自然と唇が重なる。身体《からだ》が溶《と》けるような甘い口づけ……しかし今はこの甘さが恐怖をあおった。これが最後かもしれないという不安を押《お》し隠《かく》して、ロザレーナはラディガーに微笑みかけた。

「ご武運を――皇太子殿下」

第6章　乙女《おとめ》と騎士たちのロンド

「叔母様、リート石を砕《くだ》いてきたわ」

ロザレーナは両肩に担《かつ》いだ革製の大袋《おおぶくろ》をどさどさと床《ゆか》に置いた。負傷者の看護を手伝うため、ネージュ侯国南部のマリリカ女子修道院に来て七日経《た》った。戦地から運ばれる怪我人は日に日に増えている。現段階で西部では二体、南部でも同数のヴァイネスが仕留められたが、騎士たちに故障が多く、戦況《せんきょう》は芳《かんば》しくないらしい。

負傷者は各地の修道院に収容され、リート石から作った解毒薬《げどくやく》による治療《ちりょう》を受ける。ラディガーが出立した翌日、ロザレーナは負傷者の手当てに必要な物資と人員を連れてマリリカ女子修道院へ向かった。ヴァイネスの数が最も多い南部の被害がひどくなるだろうとラディガーに聞いたからだ。この件は彼にも了承《りょうしょう》してもらっている。

「ありがとう、ロザレーナ。疲れたでしょう。少し休んで」

オクタヴィアは水がなみなみ注がれた大釜《おおがま》を大きな木べらでかき混ぜている。大釜の底に沈《しず》んでいるのは細かく砕いたリート石だ。ヴァイネスの毒を抜《ぬ》く薬を作っている最中だ。リート石をそのまま患部《かんぶ》に押し当てても効果はあるが、水に溶かして肌に塗《ぬ》ったほうが早く効果が出る。このとき、砕いたリート石は冷たい水で溶く。湯で溶かしてしまうと、乾《かわ》いた後で塗布《とふ》した部分が刃物《はもの》のように硬《かた》くなってしまうのだ。斧槍《ハルバード》の刃《は》や鏃《やじり》を作る際には逆にこの性質を利用して湯でリート石を溶かす。

「平気よ。もともと斧槍を振り回すつもりだったんだもの。元気が余ってるの」

「そう？　じゃあ、こっちの釜でリート石を溶かして」

オクタヴィアが右側の大釜を指すので、ロザレーナは腕まくりをした。

「お母様！　お薬がなくなったわ！」

薬室のドアが勢いよく開かれた。空のバケツを持った修道服の少女たちが駆けこんでくる。オクタヴィアは左側の大釜を指さした。

「こっちの釜の中にたくさんあるわよ。持っていって」

少女たちがわらわらと左側の大釜の周りに集まった。リート石が溶けこんでどろりと濁《にご》った水を年長の少女がバケツですくいあげ、年下の少女に渡している。

怪我人の介抱《かいほう》にはマリリカ女子修道院の修道女たちだけでなく、孤児院《こじいん》の少女たちも活躍《かつやく》していた。当初はどうしていいか分からず、怪我人を前にして戸惑《とまど》っていたが、ロザレーナがリート液を布にしみこませて患部に塗布する方法を教えると、すぐに要領を摑んでくれた。今では重要な働き手だ。

薬を作り終え、ロザレーナは布をつめこんだ籠《かご》を抱《かか》えて救護室へ向かった。

救護室では重傷の騎士たちが治療を受けていた。リート液をしみこませた包帯で全身を巻かれているから、彼らの表情はろくに見えない。けれど、負傷兵たちが骨を砕かれるような痛みで顔をしかめていることは容易に想像ができた。

ヴァイネスの毒に侵《おか》されている部位は、初めは痺《しび》れ、あとからは激痛が襲い掛《か》かる。身体中に包帯を巻かねばならないほどの重傷では、瞬《また》きをするのも辛《つら》いだろう。

布を入れた籠を置いて、ロザレーナは負傷兵が横たわるベッドを順番に回り始めた。負傷兵の腕に巻かれた包帯をはがして、皮膚《ひふ》の状態を見る。

「昨日よりは痣《あざ》が薄くなったみたいね。大丈夫《だいじょうぶ》、必ず治るわ」

包帯を取りかえるわね、と微笑《ほほえ》みかける。乾いた包帯を全部解《ほど》き、新しい包帯にリート液をしみこませて固く絞った。それを黒い痣が残る右腕に巻きつけていく。

負傷兵の口からはうめき声か泣き声か分からない痛々《いたいた》しい声音がもれる。苦しんでいるのは彼だけではない。ここには重傷者が集められているから、どのベッドからも生死の境をさまようような喘鳴《ぜんめい》が聞こえてくる。

「王女様、そろそろ夕食だって。お母様が呼んでるわ」

救護室に入ってきた赤毛の少女がロザレーナのドレスを摑んで引っ張った。丸一日働いたので疲れ気味だ。ロザレーナは屈みこんで、彼女の手をそっと握《にぎ》った。

「私はあとで行くわ。今日も頑張《がんば》ったからいっぱい食べるのよ。人参《にんじん》も残さずにね」

「えー、人参も？　人参なんておいしくないわ」

赤毛の少女は顔をしかめた。ロザレーナは彼女にこっそり耳打ちした。

「いいこと教えてあげる。人参をたくさん食べると美人になるの」

「嘘よ」

「ホントよ。知ってる？　叔母様は人参が大好きなのよ」

「お母様が？　ふうん……じゃあ、頑張って食べるわ」

赤毛の少女を見送り、ロザレーナはベッドを回りながら怪我人たちに声をかけた。すべてのベッドを回り終えたときにはすっかり夜が更《ふ》けていた。

「そろそろ休みなさい。夕食を温めておいたわ」

オクタヴィアが救護室にやってきた。月光がさしこむほの暗い室内をランプで照らす。ロザレーナは使い終わった包帯を籠に放り、振り返らずに返事をした。

「包帯を片づけたら食べるわ。薬草水につけて消毒しなくちゃ」

「だめよ。昼食もちゃんと食べてないでしょう。お腹《なか》がすいてるはずよ」

ロザレーナはしぶしぶ籠から離れた。オクタヴィアに連れられて救護室を出ると、入れ替《か》わりに年若い修道女たちが数人入ってきた。そういえば交代の時間だ。

「ロザレーナ、あなたは働きすぎよ」

オクタヴィアが心配そうにロザレーナの顔をのぞきこんだ。

「自分の部屋に入ってから繕《つくろ》い物《もの》をしてるのも知ってるのよ」

「縫《ぬ》い目《め》がひどいからばれたのね。針って斧槍より扱《あつか》いにくいわ」

ロザレーナは苦笑《くしょう》した。二人が歩く薄暗い廊下《ろうか》をランプの明かりが照らしている。

「こんなこと王女の仕事じゃないわ。あなたは宮殿《きゅうでん》で報告を待っていれば――」

「いやなのよ。何かしてないと不安で堪《たま》らないの」

自分も現場にいればこれほど浮足立《うきあしだ》つことはないのだけれど、戦いの現場が見えないところにいると、いやな気持ちばかりがどんどん膨《ふく》らんでしまう。

「皇太子殿下《でんか》なら大丈夫よ。きっと武功をあげて戻《もど》っていらっしゃるわ」

オクタヴィアが肩を抱き寄せてくれる。ロザレーナは努めて笑顔を見せた。

「ラディガーは誕生日の特別な贈《おく》り物はいらないって言ってたけど、やっぱり何かあげないとすっきりしないから人参のトルテにしようと思うの。それとも人参のブラマンジェがいいかしら？　リート液を作った大釜くらい大きい器で作るのよ」

「あんなに大きかったら殿下がお腹を壊《こわ》すわよ」

オクタヴィアがくすくす笑う。びくびくする心をおしゃべりでごまかしながら暗がりを歩いた。影《かげ》の手のような薄闇《うすやみ》が恐《おそ》ろしくて堪らなかった。

マリリカ女子修道院に来て半月が過ぎたある日。朝日を遮《さえぎ》る分厚い雲の向こうから、父王グィードがマーツェル部隊の騎士《きし》たちを連れてやってきた。

「マーツェル部隊にも出撃《しゅつげき》命令が出たの？」

洗濯物《せんたくもの》を放り出してロザレーナが駆《か》け寄ると、父王は険しい表情でうなずいた。

「シュザリア部隊に重傷者が多いのでな」

「ラディガーは無事なのよね……？」

「ガー君は現地で指揮を執《と》っている。我が部隊は彼の要請《ようせい》で応援《おうえん》に向かうんだ」

「そんなに戦況はよくないの？」

ロザレーナは父王に詰め寄った。泣きそうな顔をしていたのだと思う。父王は小さい頃《ころ》ロザレーナが泣くたびにそうしていたようにそっと頭を撫《な》でてくれた。

「負傷者も大勢出たが、残るヴァイネスは二体だ。確実に終息に近づいている。ここが正念場だ。私も天獅子騎士団《アンレーヴェ》の一員として微力《びりょく》を尽《つ》くそう」

現役で活躍していたとき、父王は百本打てば百本命中させる非凡《ひぼん》な射手として名をはせていた。しかし、十数年前、ヴァイネスとの交戦中に大怪我を負ってからは、あれほど正確だった鏃の狙《ねら》いがぶれるようになってしまい、第一線を退いている。

現在は長兄がその地位を継《つ》いでいるが、長兄の技量は現役時代の父王とは比べ物にならないと、当時のことを知る人たちは口をそろえて言う。今回は長兄も戦闘《せんとう》に参加するようだが、ロザレーナの胸に巣食った影は脈打つように大きくなった。

「私も行くわ、お父様」

ラディガーにはあんなふうに言われてしまったけれど、いつでも戦えるように支度《したく》は整えてきた。戦況が逼迫《ひっぱく》しているなら騎士は一人でも多いほうが――。

「だめだ、ロザレーナ」

父王はゆるりと首を横に振《ふ》った。玉座から命じるときのように威厳《いげん》のある声で言う。

「お前は修道院に残って叔母《おば》様の手伝いをしていなさい」

「でも……！　私……」

ロザレーナがすがるように見上げると、父王は困ったふうに目尻《めじり》を下げた。

「大丈夫だ。ガー君は必ず無事に帰す」

「……お父様もちゃんと帰ってくるんでしょう？」

「もちろん、帰るとも。お前の花嫁姿を見るまでは死ねないからな」

父王はいつも以上に明るく笑った。少年のような屈託《くったく》のない笑顔がかえってどす黒い不安を掻《か》き立てた。何度もついていくと言いかけたが、結局何も言わずに見送った。

丘《おか》の上から曇《くも》り空《ぞら》に飛び立っていくユファエンの群れを振り仰《あお》ぎ、ロザレーナは両手を組み合わせて祈った。どうか彼らが一人も欠けずに戻ってきますようにと。

「……ロザレーナ……ロザレーナ……！」

オクタヴィアにぽんと肩を叩《たた》かれて、ロザレーナは我に返った。

目の前では干したばかりの衣服や包帯が見渡す限りの爽《さわ》やかな青空を背景に風になびいている。穏《おだ》やかな風にドレスの裾《すそ》をあおられ、洗濯物を干している最中だったと思い出した。足元の籠にはまだ湿《しめ》っている包帯がどっさり入っている。

早朝から干していたはずなのに、いつの間にか太陽は頭の上まで昇《のぼ》っていた。

「昼食の時間よ。救護室にも薬室にもいないから探し回ったわ」

「ごめんなさい。全部干し終わったら行くわね」

ロザレーナは足元の籠から包帯を取りだし、背伸びして洗濯紐《せんたくひも》にひょいとかけた。

父王がマーツェル部隊を引き連れて出立《しゅったつ》したのは五日前のこと。

まだ終息の知らせは来ない。戦況については運ばれてくる負傷兵たちからぽつぽつと話を聞くだけだ。彼らが喘鳴まじりに語ったところによると、残る二体のヴァイネスはとりわけ獰猛《どうもう》で、優秀《ゆうしゅう》な騎士たちが何人も影の手の餌食《えじき》になったという。

父王とラディガーは二手に分かれて、それぞれヴァイネスを相手にしているらしい。両部隊の負傷兵が不規則になだれこんでくるので情報が錯綜《さくそう》しており、二人が具体的にどんな様子なのか、怪我《けが》をしていないのかどうかは、今のところ判然としない。

「最近よくぼんやりしてるわね。疲れてるのよ。代わってあげるから休憩《きゅうけい》なさい」

「疲れてるわけじゃないわ。空を見てたの。いい天気だから」

ロザレーナは鮮《あざ》やかな青の絵具を塗ったような上空を振り仰いで笑った。雲一つない晴天だ。昼間はヴァイネスが眠っているから、騎士たちも休息をとっている。わずかな時間でも心身を休めて、日暮れと共に始まる戦闘に備えてくれればいいが。

（……ラディガーが怪我したんじゃないわよね……）

ヴァイネスを仕留めるのにやけに手間取っているような気がする。

むろん、射手はラディガーだけではないが、シュザリア部隊で最も卓抜《たくばつ》した技量を持っているのは彼だ。騎士たちの援護《えんご》がうまくいきさえすれば、彼はたった一本の矢でヴァイネスの心臓を射貫《いぬ》くことができる。いくらヴァイネスの規模が大きいとはいえ、普段より手を焼いているように感じる。

三年前と違《ちが》って武器が足りないわけではないだろう。天候は悪くない。曇りはしても雨までは降らない。武器がなくなる前に近くの補給地からすぐに運ばれてくる。

怪我をしても軽傷の場合は野営地で応急処置をして済ませる。一月《ひとつき》近く戦っているのだから怪我の一つや二つしていてもおかしくはない。たとえ身体《からだ》のどこかに毒を受けたとしても、本当に軽傷で、深刻な事態になっていなければいいのだけれど……。

「だったら、ぼうっと空を眺《なが》めてないで行ってらっしゃい」

「……行くって、どこに？」

ロザレーナが振り返ると、オクタヴィアが怒《おこ》ったように眉《まゆ》を吊《つ》り上げた。

「あなたはろくに繕い物もできないし、洗濯物を干すのに半日もかかるし、料理には人参しか入れないし、私の言うことは聞かないし、全然使えないわ。あなたと比べたら子どもたちのほうがずっと役に立ってるわよ。手伝いはあの子たちだけで十分。これ以上、私に迷惑《めいわく》をかけないうちにさっさと出てってちょうだい」

「そ、そんな……叔母様、私……これでも頑張って……」

「言い訳を聞いてる暇《ひま》はないわ。とにかく、早急《さっきゅう》に出てってもらうわよ。ここはあなたがいるべきところじゃない。自分が一番生きる場所で力を尽くしなさい」

ロザレーナが口を開く前に、オクタヴィアはふわりと微笑《びしょう》した。

「もし、私にユファエンが操《あやつ》れたら——三年前、私はハインツのところへ行ったわ」

「……叔母様……」

「武器が扱えたら、誰に止められても追いかけていた。彼と一緒《いっしょ》に戦ったでしょう。そうしなかったのは、できなかったからよ。私はユファエンに乗れないし、斧槍を持つこともできない。だから、おとなしく待ってたの。そうするしかなかった。怪我をした人たちのお世話をすることしか、私にはできなかったから」

オクタヴィアは青空を見上げて目を細めた。まるでそこに愛《いと》しい人がいるように。

「私がユファエンに乗れて斧槍を使えたとしても、ハインツを助けられたとは思えないわ。自分なら彼を救えたって自惚《うぬぼ》れるつもりはないの。でも、もし追いかけていたら、私も彼と同じ場所にいて同じ時間を共有することはできたはずよ。遠く離れた場所で、ハインツが命を落とした瞬間も虚《むな》しく神に祈っていたりしなかった……」

子守唄《こもりうた》を口ずさむようなゆったりとした声音《こわね》。けれど、その中に数々の辛苦《しんく》に耐《た》えてきた強さがひそんでいることを、ロザレーナは知っている。

緑の香りのする突風《とっぷう》がわっと舞《ま》い上がった。オクタヴィアの髪を隠《かく》した漆黒《しっこく》のベールが風を孕《はら》んで膨らむ。洗濯紐にかけられた包帯がリボンのようにはためいた。

「現地にいたとしても悔《くや》しい気持ちに変わりはないでしょうね。皇太子殿下だって、ハインツを助けられなかったことを自分の過《あやま》ちのようにおっしゃっていたわ」

「……ラディガーは、最善を尽くしたと思うわ」

裏庭を囲む青々とした樹木が両手を打ち鳴らすように枝を揺《ゆ》らしている。その騒《さわ》がしい音色を聞くともなしに聞きながら、自分の心がここにいないことを自覚した。

ラディガーのそばに行きたい。こんなにも離れていたら彼に何が起こっているかも分からなくて、もどかしさだけが降り積もっていく。

「その場にいてもいなくても同じくらい悔しい思いをするのなら、私はその場で苦しむことを選ぶわ。遠いところで愛しい人を亡《な》くすくらいなら目の前で亡くしたい」

オクタヴィアはハインツによく似たエメラルドの瞳《ひとみ》でロザレーナを射貫いた。

「もしそうしていたら、彼の最期《さいご》をこの目に焼きつけることができたわ」

返答に窮《きゅう》したロザレーナに、オクタヴィアは苦い笑みをもらした。

「殿方《とのがた》は勘違《かんちが》いしてる。悲惨《ひさん》な場所から遠ざけてどこかに隠しておけば女は悲しまないと思ってるの。離れれば離れるほど胸の痛みがひどくなるなんて知りもしないで」

降り注ぐ日の光が黒いベールに縁《ふち》どられた叔母の白い顔を神聖に輝《かがや》かせている。

ロザレーナは瞬《またた》きもできずに見惚《みと》れた。オクタヴィアは昔と変わらず綺麗《きれい》だと思ったけれど、とんだ間違《まちが》いだ。彼女はさらに美しくなった。次々に降りかかった辛酸《しんさん》が生来の気品を磨《みが》いて、しなやかな心が彼女の美貌《びぼう》を神々《こうごう》しく彩《いろど》っている。

「行きなさい、ロザレーナ。あなたにはそれができるのよ」

背中を押すような視線にロザレーナはうろたえた。目をそらして首を振る。

「……だけど……だめよ、ラディガーが……。彼に言われたのよ、私は自分の能力を過信してるって。騎士としては……使えないって」

父王についていかなかったのは、ラディガーに突《つ》きつけられた事実が足止めしたからだ。追いかけても足手まといになるなら……。

「欠点を指摘《してき》されたくらいで落ちこんでるの？　反省する点があったならきっちり反省して、次の機会で挽回《ばんかい》すればいいじゃない。いつものあなたならそうするはずよ」

言い返せずに、ロザレーナは下を向いた。風にそよぐ草が足元をくすぐっている。

「ちょうど快復したシュザリア部隊の騎士たちが現地に戻《もど》るわ。三時間後に出立するそうよ。彼らに同行なさい。ユファエンで走れば、夜には間に合うでしょう」

「断られるわよ。私を戦闘に参加させるなってラディガーが命令してるはずだもの」

「だから何？　あなたは猛獣姫《もうじゅうひめ》でしょう。婚約者の命令におとなしく従うような淑《しと》やかな姫じゃないはずよ。せっかく武器を持てる両腕があるのに、俊足《しゅんそく》のユファエンを乗りこなせるのに、使わないの？　じゃあ、いったい何のために訓練してきたの？」

口を挟《はさ》む暇もなく言い立てられて、ロザレーナは唇を噛《か》んだ。

手がつけられないほど凶暴《きょうぼう》だったルコルを調教して、斧槍の使い方を学んで、男性の騎士《きし》たちと同等に訓練を積み重ねてきたのは、父王や兄王子たちのように勇敢《ゆうかん》にヴァイネスと戦うためだ。決して王女の手慰《てなぐさ》みでやってきたわけではない。

訓練だけでなく、実戦にも幾度《いくど》となく携《たずさ》わり、経験を積んでいる。まったくの素人《しろうと》ではない。ラディガーほどの手腕《しゅわん》はないけれど、ロザレーナにもできることはある。

「あなた自身の問題よ。自分で選んで。ただし、修道院に残ることは許さないわよ。人手は足りてるの。戦闘に加わらないなら宮殿《きゅうでん》へ帰りなさい。皇太子殿下《でんか》の婚約者としてあなたがしなければならないことは、殿下の帰還《きかん》を待つ——それだけよ」

オクタヴィアはロザレーナの足元にある籠《かご》を取った。てきぱきと包帯を干し始める。

彼女がまとう薬草水の香りが風にあおられて舞い上がり、喉《のど》の奥がすっとした。

「叔母様……私、結婚したらマーツェル部隊を除隊しなきゃいけないらしいの」

ロザレーナは足元でさわさわと動く草むらを見つめながら続けた。

「皇太子妃《こうたいしひ》が天獅子騎士団の団員だったことは前例がないんですって。なんだか納得《なっとく》いかないわ。前例がなければ作ればいいじゃない」

オクタヴィアは答えない。清々《すがすが》しい風の中で無数の包帯が楽しげに泳いでいる。

「まあ……でも、逆に考えれば失うものは何もないってことよ。どうせ除隊させられるんだもの、最後くらい思いっきり軍規をぶち破ってもいいわよね」

返答はない。相変わらず裏庭を囲む木々が両手を打ち鳴らすように枝を揺らしている。ロザレーナはぱっと顔を上げた。日差しがまぶしい。目が覚めるようだ。

「叔母《おば》様、昼食は何？」

「シチューよ。あなたの好きな人参《にんじん》たっぷりのね。人参入りのパンもあるわ」

「お腹《なか》いっぱい食べるけど、いい？」

「そう言うだろうと思ってあなたのために余計に作っておいたの」

包帯を干し終えたオクタヴィアがこちらを向く。ロザレーナは彼女に抱《だ》きついた。

「食べたらすぐに出かけるわ。必ずラディガーを連れて帰ってくるから待ってて」

お礼は帰ったときに言おうと心の中で誓《ちか》い、全速力で厩舎《きゆうしや》に向かって駆《か》け出した。

「負傷兵たちはまだ戻らないのか？」

ラディガーは下級騎士に右腕の包帯を取りかえてもらいながら苛立《いらだ》たしげに尋《たず》ねた。

ネージュ侯国《こうこく》南部の中心部、扇《おうぎ》のように広がる平原の左翼《さよく》側に張った天幕の中だ。

地図が広げられたテーブルの向こうでは、ギルが斧槍の刃《は》を磨いている。

「殿下じゃあるまいし、道に迷ってるってことはなさそうですけどね」

「遅すぎないか。外の連中もいつまでもつか分からないのに」

天幕の外ではユファエンに跨《また》がった騎士たちが斧槍を振《ふ》るう音が聞こえてくる。つい先頃《さきごろ》だ。シュザリア部隊でラディガーの次に技量のある射手が大怪我《おおけが》を負った。命は助かったものの、彼の両腕は毒が抜《ぬ》けるまで使えなくなった。他にも射手は数名いるが、いずれも技術が未熟で経験も浅い。彼には期待していただけに落胆《らくたん》も大きい。

「殿下がお怪我なさっていなければ、我々だけでも何とかなったんですけどね」

「お前も怪我人だろうが」

「私は足ですから。影《かげ》の手がちょっとかすっただけです。殿下は利《き》き腕《うで》ですからね」

苦い損失ですよ、とギルはこちらを見ずに言う。ラディガーは言い返さなかった。

右腕の故障は本体にのみこまれそうになっていた若い騎士を助けた際に得たものだ。

若い騎士は婚約者がいると自慢《じまん》げに話していた。彼女の肖像画《しょうぞうが》をおさめたロケットペンダントを見せびらかされ、あまりに彼女の名前を連呼されるので覚えてしまった。

彼が影の手に巻きつかれて本体に食われようとしたとき、冷静な自分は見捨てるべきだと判断したのだ。しかし、彼はほとんど全身をのみこまれており、引き上げるのは不可能だと思われた。しかし、気づけば急降下していた。

ギルの助けを受けながら若い騎士を引き上げる途中で右腕を影の手に摑《つか》まれた。即《そく》座《ざ》に左腕で斧槍を振るって影の手を断ち切ったが、右腕には痺《しび》れが残った。

（ロザレーナには偉《えら》そうなことを言ったくせに）

ラディガーは自《じ》嘲《ちょう》気味に口元を歪《ゆが》めた。騎士一人くらい見捨ててもよかった。けれど見捨てられなかった。彼を婚約者のもとに無事帰してやりたかった。ハインツを亡くしたときの喪失感《そうしつかん》が判断を鈍《にぶ》らせ、無謀《むぼう》な行動をしてしまった。

おかげでこのざまだ。時間が経《た》つにつれて痺れは痛みに変わり、鏃《やじり》の狙《ねら》いが狂《くる》うようになった。腕を動かせないほどの激痛ではないし、怪我を負ってから日が経っているので痛みはだいぶ引いてきているのだが、本調子ではない。何度も仕損じている。

リート石で囲いを作ってヴァイネスを閉じこめ、近隣《きんりん》の住人は避難《ひなん》させている。武器を持たない人々にまで被害《ひがい》が及《およ》ぶことはないが、これ以上長引かせたくはない。

「そろそろ行くぞ」

「負傷兵たちを待たないんですか」

「外の連中がもたないだろう」

軍服を着直し、ラディガーは席を立って長弓《ちょうきゅう》と矢筒《やづつ》を手に取った。天幕を出てユファエンに飛び乗る。ギルを始めとして支度《したく》を整えた他の騎士たちも従った。

「まるで黒い森だな」
おびただしい影の手が夜空に浮《う》かぶ満月を摑もうとするかのように薄闇《うすやみ》を覆《おお》ってい
る。数が多すぎて闇《やみ》に溶《と》けこんでいるように見えるが、目を凝《こ》らせば辺りを飛び回る
ユファエンを追いかけてうごめいているのが分かる。これでもかなり勢いが弱まって
いるのだ。当初は平原を埋《う》め尽《つ》くすほどに黒い水面が広がっていた。騎士たちが根気
強く影の手を切り続けたため、今は平原の西側、半分程度に留まっている。
「黒い森なんてお上品なものですかねぇ」
大ぶりの斧槍を引っさげ、ギルが首をかしげた。
「私の目には、ただの化け物にしか見えませんよ」
ギルの声に無言で賛同し、ラディガーは騎士たちに目配せした。間をおかず、ユフ
ァエンの腹を蹴《け》って駆け出す。ユファエンは勇ましく咆哮《ほうこう》を上げ、純白の両翼《りょうよく》を広
げて勢いよく空中へ駆けのぼった。真っ先にリート石の囲いの中に飛びこむのは、斧
槍を得物《えもの》にした騎士たちだ。射手は視界が開けるまで囲いの外で旋回《せんかい》する。
斧槍の刃が絡《から》み合うように本体から伸びてくる影の手を粉砕《ふんさい》し、水面で不気味に光
る赤い一点をあらわにしなければ、射手は動けない。ラディガーは矢筒から引き出し
た矢を手にして、ヴァイネスの心臓が視界に入るのを待った。

（……今だ）

ギルたちが束になって襲《おそ》い掛《か》かってくる影の手を薙《な》ぎ払《はら》う。赤々と燃えるヴァイネスの心臓が視線の先に姿を現した刹那《せつな》、ラディガーは囲いの中に飛びこんだ。

射手が飛行する高さからは、ヴァイネスの心臓はおおむね人間の頭ほどの大きさに見える。射手はヴァイネスの頭上をユファエンの俊足で横切るその一瞬で矢を射る。弓を引いてから矢を放つまではものの数秒。時間がかかれば射手が影の手に襲われる危険が増え、せっかくとらえた目標を見失う恐《おそ》れが高まってしまう。

「……っ……」

矢羽根から手を放す寸前、右腕に刺《さ》すような痛みが走った。まただ。右腕に残った毒のせいで手先がぶれ、鏃の狙いが狂う。ユファエンの速度を落とさないまま、ラディガーはすばやく二本目の矢をつがえた。一本目の矢が目標よりやや左にそれてしまったことを直感したからだ。一度失敗している。時間はかけられない。

鏃を赤く燃える標的の中心に据《す》え、十分に引っ張った弦《つる》を解放する直前。右方から伸びてきた影の手が後ろに引いた右腕に絡みついた。そちら側にぐいと引きずられ、鞍上《あんじょう》で上体が右方へ傾《かたむ》く。ラディガーは手綱《たづな》を引いて鞍上から放り出されるのを防いだ。長弓をおろして鞍《くら》の左側にさげてある斧槍の柄《つか》を摑む。

右腕に影の手がじりじりと巻きついてくる。奇妙《きみょう》な圧迫感《あっぱくかん》がもともとあった疼痛《とうつう》を一気に増幅《ぞうふく》させた。激しい痛みを噛み殺《ころ》そうとした瞬間、月明かりの中を何かが過《よぎ》った。ユファエンだ。そしてその鞍上に跨った騎士の髪だ。

突如《とつじょ》現れた華奢《きゃしゃ》な騎士と視線が交錯《こうさく》する。ラディガーは目を見開いた。

「……ロザレーナ！」

名を呼んだときには右腕に絡みついていた影の手が粉々に打ち砕《くだ》かれていた。すれ違《ちが》いざまにロザレーナが斧槍を振るったのだ。引き返して追いかける暇《ひま》はない。ラディガーを乗せたユファエンはそのままの勢いでリート石の囲いの外まで駆け抜けた。


（やっぱり怪我してるんだわ……）

左右に斧槍を振るいながら囲いの内側を横切り、ロザレーナは囲いの外へ飛び出た。ラディガーがヴァイネスの心臓を仕留め損ねるのを見て理解した。彼は負傷している。そうでなければ彼が標的を視界にとらえた好機にみすみす仕損じるはずがない。

ロザレーナは囲いの外を旋回しながら高度を落とし、林のそばに降り立った。同じく囲いの外に出たラディガーが一歩遅れてロザレーナの近くに着地する。

「ロザレーナ！　お前はなんでこんなところにいるんだ！」

鞍から飛び降りたラディガーはシャドーブルーの瞳《ひとみ》に怒気《どき》を漲《みなぎ》らせて怒鳴った。

「シュザリア部隊の人たちと一緒《いっしょ》に来たのよ。あ、でも、あの人たちは悪くないわよ。どうせ同行したいって言っても断られるだろうから、こっそりついてきたの。つまり、軍律違反《いはん》してるのは私だけってこと。あなたの麾下《きか》の皆さんに罪はないわ」

ロザレーナは鞍から降りてラディガーに駆け寄った。

「早く天幕へいきましょう。怪我の具合を見て治療《ちりょう》しなくちゃ。怪我してるのはすぐに分かったわ。あなたが射損《いそこ》なうなんて他に理由が――」

「帰れ!!　ここはお前の来るところじゃない!!」

ラディガーに腕を振り払われてロザレーナはよろけた。一つにまとめた髪が視界で不安定に揺《ゆ》れる。ぱっと顔を上げて、つかつかとラディガーに詰《つ》め寄った。

「私に助けてもらっておいて何なのよ、その言い草!!　まずは感謝の言葉でしょ!!」

「助けてくれと頼んだ覚えはない!!　お前じゃなくても他の騎士が――」

「他の騎士が役に立たなかったから射手のあなたが腕を摑《こづ》まれたんでしょう!!」

ラディガーの声を遮《さえぎ》り、ロザレーナは彼の胸を小突く。

「射手の両腕は斧槍を持つ百人分の両腕と同等の価値があるの!!　援護《えんご》する騎士がそれを守れなくて何のための援護なのよ!!」

囲いの外に出てきた騎士たちが次々に地面に降り立つ。ロザレーナは彼らを睨《にら》んだ。

「あなたたちはいったい何をしてたの!? 射手に負傷させるなんて大失態よ!!」

騎士《きし》たちが言い訳をする前にラディガーの左腕を掴んで力任せに引っ張った。

「さっさと治療するわよ!! ぐずぐずしてたら悪化するわ!!」


手当てが済むなり、ラディガーはロザレーナを追い出そうとして怒鳴りつけた。

あいにく、ロザレーナは怒鳴られておとなしく引き下がるような性格ではない。彼と大喧嘩《おおげんか》した後、持ってきた荷物を広げて自分の天幕を張り始めた。騎士たちは手伝ってくれなかったが、実戦に参加した経験があれば天幕張りくらい一人でできる。

ラディガーやギルの天幕のように立派なものではないけれど、一人で寝起《ねお》きするには十分な広さを確保し、それなりに快適なものができた。オクタヴィアが持たせてくれた人参パンをかじりつつ、地図を広げて地形《わ》を確認していると、まずギルがやってきた。ロザレーナはギルに水場を聞いて湯を沸かし、彼のためにお茶をいれた。

「右を向いても左を向いても男ばかりでうんざりしていたところでしてね。ああ、ここは天国だ。麗《うるわ》しい御方《おかた》を見ているとそれだけで心が癒《いや》されますよ」

ギルは宮廷《きゅうてい》の談話室でそうするように優雅《ゆうが》にお茶を楽しみながら愚痴《ぐち》をこぼした。

彼が饒舌《じょうぜつ》なことはよく知っているので、ロザレーナはあれこれ質問した。もちろん、戦況《せんきょう》やラディガーの怪我の具合についてだ。鳥瞰図《ちょうかんず》も彼はあっさり見せてくれた。

ギルと話しこんでいると、今度は快復した負傷兵たちが訪ねてきた。彼らはラディガーが激怒《げきど》していることをおずおずと話し、ロザレーナに帰ることを勧《すす》めた。

「あんなに一生懸命《けんめい》、看病したのに、私の味方になってくれないの……？」

ヴァイネスの毒で苦しんでいた彼らを励《はげ》まし、面倒を見てあげたのはロザレーナだ。彼らは結局のところロザレーナに強い態度を取れず、引き下がるしかなかった。

一通りギルに話を聞き終えると、ロザレーナは騎士たちの天幕を回り始めた。一人一人に笑顔を向けて労《ねぎら》いの言葉をかける。騎士たちは極度の緊張《きんちょう》で疲れている。野営地の重苦しい雰囲気《ふんいき》を和《やわ》らげることも必要だと父王が語っていた。

「これ、あなたが縫《ぬ》ったの!?　まあ、綺麗《きれい》な縫い目！　裁縫《さいほう》が得意なのね」

厳《いか》つい騎士が天幕の中でシャツを繕《つくろ》っていたので、ロザレーナは目を丸くして褒《ほ》めた。父王にも負けない屈強《くっきょう》な体つきなのに、小さな針を器用に操《あやつ》っている。

「俺、もともとこういうのが好きですから……」

厳つい騎士は照れ臭《くさ》そうに答えた。同郷だという細身の騎士が彼の肩を叩《たた》く。

「こいつ、いつもちまちまこうやって何か縫ってるんですよ。裁縫だけじゃなくて機《はた》織《お》りもうまいですよ。ほら、あのタペストリーを作ったのはこいつですからね」

天幕の入り口のそばにかけられているタペストリーには、猛々《たけだけ》しく飛翔《ひしょう》するユファエンが織り出されていた。ユファエンの頭上に月桂樹《げっけいじゅ》の冠《かんむり》が輝いているから、勝利を願う縁起物《えんぎもの》だ。緻密《ちみつ》な色遣《いろづか》いは宮廷の織物師の作品にまったく引けを取らない。

「素敵《すてき》ねえ。私も一枚欲しいわ。そうだ、ルコルをモデルに一枚織ってくれない？」

お礼はするわよ、と言いかけたときだ。天幕にラディガーが飛びこんできた。

「ロザレーナ！　ここで何してるんだ⁉」

彼がいきなり大声を張り上げるので、騎士たちは気圧《けお》されたようにうつむいた。

「一人で野営地をふらふら出歩くな！　何かあったらどうする！」

「うるさいわね！　怒鳴らなくたって聞こえてるわよ、バカ！」

「バカはお前だ！　男の部屋に気安く立ち入るな！　慎《つつし》みというものを持て！」

「両手は斧槍でふさがってるの！　慎みなんか持ってる余力ないわ！」

目を三角にして怒鳴り返すと、ラディガーにぐいと腕を引っ張られた。離してと叫《さけ》んでも暴れても離してもらえず、彼の天幕に腕《うで》ずくで引きずりこまれる。

「何するのよ！　私、忙《いそが》しいんだから！　あなたと喧嘩《けんか》してる暇なんか――」

反抗《はんこう》的な唇をふさがれて、ロザレーナは何も言えなくなった。腰を抱《だ》く腕が身じろぎすらさせてくれない。ラディガーは卑怯《ひきょう》だ。キスでロザレーナを黙らせるなんて。

「お前みたいな可愛《かわい》い女が一人でうろついていたら、騎士たちが不埒《ふらち》なことを考えるかもしれない。ここに残るつもりなら俺の天幕で寝泊《ねと》まりしろ」

「……だけど、せっかく……頑張《がんば》って、天幕を、張ったのに……」

乱れた吐息《といき》をもらす唇は再び奪《うば》われる。ロザレーナが承知するまで、ラディガーは口づけをやめなかった。仕方ないので、天幕を畳《たた》んでラディガーの天幕に引《ひ》っ越《こ》した。

それから三日目の昼。ロザレーナはテーブルに置かれた羊皮紙をじっと睨んでいた。紙面には現在のヴァイネスの形状と規模、心臓の位置などが仔細《しさい》に描《か》きこまれている。

ヴァイネスの現状を把握《はあく》するため、この鳥瞰図は毎日描きかえられる。今見ているのは夜明け前に記録された最新の図だ。

「もう起きたのか」

ラディガーの声が背中を叩いてロザレーナはびくりとした。不機嫌《ふきげん》そうな声だ。

「あなたこそ、もう起きたの？　まだ寝てていいのに」

シャツをはだけた恰好《かっこう》のラディガーが隣に並ぶので、ロザレーナはどぎまぎした。

同じ天幕で寝泊まりしているとはいえ、当然ベッドは別々だし、カーテンで区切られている。ただ、着替えを目撃《もくげき》する事件が二度あったので、変に意識してしまう。ロザレーナの動揺《どうよう》に気づかず、ラディガーはテーブルの上の鳥瞰図に手をついた。

「鳥瞰図なんか見て何か企《たくら》んでたのか？」

「え、ええ……早いとこヴァイネスを始末するにはどうしたらいいか考えてたの」

ロザレーナは火照《ほて》った頬《ほお》を隠《かく》すように髪を垂らし、鳥瞰図を見下ろした。

「怪我《けが》さえなければな……」

ラディガーは口惜《くや》しそうにつぶやいた。右肩に手を当てる。

「痛みのせいでいつもより狙《ねら》いが左にずれるんだ」

「じゃあ、ずれることを見越《みこ》して初めから右寄りに撃《う》てばいいんじゃないの？」

「理屈《りくつ》の上ではそうだな」

溜息《ためいき》まじりに答えて、ラディガーは鳥瞰図の中心をぐるりと指先でなぞった。

「心臓の周りは漆黒《しっこく》の闇《やみ》だぞ。赤い一点以外に的になるものがないんだ。飛行しながら距離を目測して右寄りに狙いを定めるのは不可能に近い」

「確かに……的がはっきりしてないと鏃《やじり》の方向を決めにくいわよね」

ロザレーナは右耳の耳飾《みみかざ》りを取って、赤い点の右側に置いた。

「ヴァイネスの心臓以外に標的になるものがあれば……」

うーんと唸《うな》って考える。鳥瞰図を穴が開くほど眺《なが》め、あっと声を上げた。

「分かったわ！　私が的になればいいのよ！」

「……何だって!?」

「この前、あなたがやったじゃない。落ちていく私の顔の横に矢を放ってヴァイネスの心臓を射貫《いぬ》いたわ。鏃はほんとに私のすぐそばを通ったのにかすりもしなかった。あのとき、あなたは赤い的を狙ったわよね？　でも今度は私を狙って」

　ロザレーナは興奮気味に鳥瞰図の上の耳飾りと赤い点を指さした。

「私がヴァイネスの心臓の右方に落ちる。あなたは私を狙って矢を放つ。鏃は左にそれるんだから、ヴァイネスの心臓に当たるはず」

　ラディガーは唖然《あぜん》としてものも言えなくなった。ロザレーナは声を立てて笑う。

「我ながら名案だわ！　どうして今まで思いつかなかったのかしら？」

　ひとしきりころころ笑った後で、ふっと表情を引き締《し》める。

「具体的な距離はギルに計算してもらうとして、出たとこ勝負ってわけにもいかないから理屈通りにいくかどうか試さなくちゃ。問題はどこでやるかだけど……ああ、ヴァイネスを使えばいいわね。昼間のヴァイネスは単なる黒い地面だもの。影《かげ》の手も出てこないから安全に特訓できるわ。さっさと着替えて、ラディガー」

　私も着替えるから、とベッドを囲むカーテンの向こうへ行こうとしたが、ラディガーに力強く肩を摑《つか》まれて引き留められた。

「ふざけるな!! そんな危険なことができるか!!」

「念のために命綱《いのちづな》はつけるわよ。ルコルは私の言うことをよく聞くもの。落下した私が地面に激突《げきとつ》する前に空中で受け止めてくれるわ」

「それだけじゃない!! 俺が失敗したら矢はお前に当たるかもしれないんだぞ!!」

ラディガーは憤《いきどお》りすらにじませて声を荒《あら》らげる。ロザレーナはにっこり笑った。

「失敗しないわよ」

「ロザレーナ!!」

「仕方ないわね。こんな恥《は》ずかしいこと言いたくないけど、あえて言うわよ」

大げさに溜息をついた。ラディガーの瞳《ひとみ》を射貫くように見つめ、本心を告げる。

「あなたを信じてる。だから安心して命を預けるわ」

ラディガーは息をのんだ。物言いたげに見つめ返し、諦《あきら》めたように吐息をもらす。

「お前は……本当に呆《あき》れたやつだな」

「嫌《きら》いになった?」

挑発《ちょうはつ》するように片眉《かたまゆ》を跳《は》ね上げる。ラディガーは苦笑《くしょう》して首を横に振《ふ》った。愛《いと》しげにロザレーナの頰を掌《てのひら》で包み、唇をついばむ。

「その反対だから困ってるんだ」

恨《うら》みがましく囁《ささや》いて、ロザレーナの髪に手を差し入れた。頭を抱《かか》え込むようにして口づけされる。強い力で押《お》さえつけられているわけではないのに逃げられない。

早く着替えたいのにと思いつつも拒《こば》めなくて身体《からだ》が蕩《とろ》けそうな口づけを受け続けた。

「あーもう、また外れ！」

ルコルの背から飛び降りたロザレーナが黒い地面に突《つ》き刺《さ》さった矢を引き抜《ぬ》いた。

ロザレーナの無茶な提案を実践《じっせん》すべく、日差しを浴びながら眠るヴァイネスの真上で訓練しているところだ。硬化《こうか》して動かなくなったヴァイネスの中心部には赤いタペストリーが敷《し》いてある。ロザレーナが織物好きの騎士からもらってきたものだそうだ。

ラディガーはユファエンで飛行しながらあの的を狙うのだが、なかなかうまくいかず、薔薇《ばら》色のタペストリーは無傷のままだった。

タペストリーが実際のヴァイネスの心臓より小さいという理由もあるが、それ以上に鏃を鈍《にぶ》らせるのは、落下するロザレーナを狙わなければならないという事実だ。

ヴァイネスの心臓以外の的があればいいなら何か重しをつけたものを落とせばいいのではないかと提案してみたが、ギルとロザレーナにそろって却下《きゃっか》された。

「最低でも人の体重くらいの重さが必要です。軽すぎては風にあおられて落下する方向がずれてしまう。的になるんですからある程度の大きさもないとだめですね。とすると、ロザレーナ姫の等身大の人形のようなものが適当ということになりますが」

「そんな大荷物持って斧槍扱《あつか》えないわ。私が落ちたほうが早いわよ」

「……ユファエンが使えればいいんだがな」

ユファエンに騎乗《きじょう》したままのロザレーナを目標に接近させて的にするというのなら、まだ安全だが、それは不可能だ。ユファエンはヴァイネスの心臓に近づけない。ヴァイネスの心臓に接近するためには、ユファエンから離れなければならない。

渋《しぶ》い顔をしたラディガーにロザレーナは悪戯《いたずら》っぽい笑みを向けた。

「やっぱり私が適役よ。だって、私が的だったらあなたは絶対に失敗できないもの。可愛い婚約者が身体を張ってあなたの手助けをしてあげるのよ。まさかその覚悟《かくご》を無駄《むだ》にはしないでしょうね？」

なんだか……いつもロザレーナに押し切られている気がする。今回もまさしく「例によって」だ。猛獣姫《もうじゅうひめ》に逆らう方法があるなら教えてほしいと切実に思う。

「――ラディガー!!　ちゃんと私を狙ってるの!?」

ロザレーナの怒声《どせい》がラディガーを現実に引き戻《もど》した。彼女は黒い地面から引き抜いた矢を放り投げた。ルコルの背に飛び乗って駆《か》け上がってくる。

「もう少し東寄りに落ちろ。近すぎて狙いにくい」

怒鳴《どな》り足りないと言いたげなロザレーナの視線から逃《のが》れ、ラディガーは滑空《かっくう》して眠るヴァイネスの外に出た。

日が暮れればヴァイネスの周囲をリート石で囲む。出発地点は囲いの外だ。

ロザレーナもドレスの裾《すそ》を翻《ひるがえ》して黒い地面と通常の地面の境界線を越えた。ギルたちは低空を飛行しながら境界線の周りに集まり、息をひそめている。ルコルが落下するロザレーナを受け止めるのに失敗したら、彼らが即座《そくざ》に助けに入る手はずだ。

ラディガーは西から、ロザレーナは東からヴァイネスに飛びこむことになっている。二人は動かないヴァイネスを挟《はさ》んで対峙《たいじ》した。降り注ぐ日差しがヴァイネスの表面を黒々と輝《かがや》かせている。夜はうごめく森だが、昼は漆黒の地面だ。

右耳の耳飾りをきらりと光らせ、ロザレーナが駆け出した。ルコルは純白の両翼《りょうよく》を広げて風のように空中を駆け、主人を乗せて黒い地面の上に躍《おど》り出る。

ラディガーはユファエンの腹を蹴《け》り、彼女に続いて疾風《しっぷう》のごとく境界線を飛び越えた。視線の先ではロザレーナが鞍《くら》から飛び降りている。迷いのない思い切った動きだ。

シェルピンクの巻き毛を乱れさせ、赤いタペストリーの右方めがけて落下した。

ラディガーは瞬時に距離を目測する。東を目指してユファエンを走らせながら痛む腕で弓を引いた。鏃の先端《せんたん》が狙うのは、こちらに背を向け、黒い地面へ吸い込まれるように落ちていくロザレーナの左肩。これまで撃った数本では無意識のうちに彼女から鏃をそらしてしまっていたが、今回は意識して正確に狙いを定めた。

ためらいを捨て、矢羽根から右手を放す。とたん、張りつめていた弦《つる》が耳元で小気味よく鳴った。鏃は音を立てて風を切り、空を引き裂《さ》いて、手繰《たぐ》り寄せられるように黒い地面に向かって飛ぶ。瞬《また》きをする間に結果は出る。ほとんど時間などあってないようなものなのに、この一瞬間が永遠のように長く感じられる。

矢はロザレーナを素通りした。直後、ロザレーナは急降下してきたルコルの背につかまった。空中で鞍上《あんじょう》に落ちついて手綱《たづな》を握《にぎ》り、漆黒の地面にふわりと着地する。

鞍から飛び降りるなり、ロザレーナは歓声《かんせい》を上げてこちらに手を振った。

「見て!!　見にきて、ラディガー!!　当たりよ、大当たり!!」

ラディガーは徐々《じょじょ》に高度を落として彼女のそばに舞《ま》い降《お》りた。ロザレーナがウサギのように飛び跳ねている。矢は赤いタペストリーの中心に突き刺さっていた。

「わずかな狂《くる》いもない。完璧《かんぺき》ですね。両殿下《りょうでんか》は曲芸師としても生きていけますよ」

ラディガーの隣にユファエンを着地させたギルがパチパチと手を叩《たた》いた。

「曲芸師！　それも悪くないわ！」

ロザレーナは歌うように笑って、ルコルに抱《だ》きついた。

「ルコル、大好き！　あなたは本当に優秀《ゆうしゅう》だわ！」

「……真っ先にルコルを労《ねぎら》うのか？」

「だってルコルは上手《じょうず》に私を受け止めてくれたもの。この子が一番の功労者よ」

ルコルに頬《ほお》ずりして白い鬣《たてがみ》を愛おしげに撫《な》でている。ルコルは嬉《うれ》しそうに目を細めて喉《のど》を鳴らした。巨大《きょだい》な獅子《しし》のくせにロザレーナの前では人懐《ひとなつ》っこい猫のようだ。

「頑張《がんば》ったからお腹《なか》がすいたでしょ。たくさんご飯を食べさせてあげるわね」

ロザレーナはルコルに跨《またが》り、野営地へ戻ろうとする。ラディガーは思わず呼び止めようとしてやめた。ルコルに嫉妬《しっと》してどうする。あれはただの獣《けもの》だ。

「自分も撫でてほしいって素直《すなお》にお願いすればよかったじゃないですか」

ギルが女好きのする顔でへらへら笑っている。ラディガーは無言で彼を睨《にら》んだ。

「でもまあ、傍《はた》から見ていれば分かりやすい愛情表現だと思いますよ。自分を的にしてくれなんて、なかなか言えませんからね」

ロザレーナが全幅《ぜんぷく》の信頼《しんらい》を置いてくれている。命を預けてもいいとさえ言ってくれる。みじんも疑いを抱いていない彼女の眼差《まなざ》しが心を鷲掴《わしづか》みにした。

裏切れない。応《こた》えなければならない。命を賭《か》けた信頼に――必ず。

「ちなみに私は命令されても全力でお断りしますよ。殿下が絶世の美女というのならともかく、男に狙《ねら》われるなんて考えただけでぞーっとします」

美女になら射殺されても悔《く》いはないですけど、とギルが軽口を叩いている。ラディガーはそれに笑って頭上を振り仰《あお》いだ。太陽が西に傾《かたむ》き始めた。日暮れが近い。しばらくすればヴァイネスが目覚めて、不気味にうごめく漆黒《しっこく》の森が出現する。実戦では影《かげ》の手があるから、訓練と同じように成功を収めるには騎士《きし》たちの協力が不可欠だ。

「援護《えんご》を頼むぞ、ギル。ロザレーナほどじゃないが、お前を信じている」

太陽が西の彼方《かなた》に姿を消し、藍色《あいいろ》の空に星が瞬《またた》き始めると同時に戦闘《せんとう》が再開された。日暮れと共にヴァイネスは覚醒《かくせい》した。日差しの中では地面と化していた黒い水面が醜《みにく》い音をもらしながら生き物のようにうごめき、ムカデの足のように数えきれないほどの影の手を伸ばして、騎士たちを追いかけ回している。

リート石でしっかりと囲いが作られているからそれを越《こ》えて襲《おそ》ってくることはないと分かっていても、おびただしい影の手が薄闇《うすやみ》で不気味に蠢動《しゅんどう》する様は全身が粟立《あわだ》つくらい異様だ。ルコルの前に立ち、ロザレーナはぎゅっと拳《こぶし》を握りしめた。

「怖《こわ》いか」

いつでも飛び立てるように支度《したく》を整えたラディガーが傍《かたわ》らに立つ。

（……もし、失敗したら……）

不安がないわけではない。ラディガーの技量を買っているし、訓練の結果からも成功する可能性は十分あると考えられるけれど、こうして荒々《あらあら》しく暴れ回るヴァイネスを目《ま》の当《あ》たりにすると、偉《えら》そうにひけらかした覚悟が足元からぐらついてしまう。

「……こっ、怖くなんかないわよ。私に怖いものなんかないんだから……」

精一杯の虚勢《きょせい》を張り、ロザレーナはラディガーをきっと睨んだ。

「あなたこそ、いざってときに手が震《ふる》えて撃《う》てないなんて間抜《まぬ》けなことにならないように気をつけてよね。あなたに全部かかってるんだから。もし、矢が――」

ふいに抱きすくめられた。その確かな力が思考を吹《ふ》き飛ばして何も言えなくなる。

「心配するな」

低い声音《こわね》が互《たが》いの鼓動《こどう》と混じり合いながら素肌《すはだ》にしみこんだ。どうして彼の声はこんなにも心に響《ひび》くのだろう。聞いているだけで気持ちが落ち着く。

「必ず成功させる」

ロザレーナはラディガーの身体《からだ》に両腕でしがみついて、広い胸に顔を埋《うず》めた。ゆるぎないぬくもりを心の奥底に刻み付けるかのように、ゆっくりと目を閉じる。

彼の腕に抱かれていると、強張《こわば》った身体から悪いものが抜《ぬ》け落ちていくようだ。

「任せたわ、ラディガー」

視線を重ねて唇を重ねる。これが最後ではないからそっと触《ふ》れ合わせるだけだ。

「そういえば……私、あなたに言ってないことがあるの」

ルコルに跨り、ロザレーナはラディガーに視線を投げた。彼もユファエンに騎乗している。手にした長弓《ちょうきゅう》の弦が星明かりを集めて神々《こうごう》しくきらめき、矢筒《やづつ》に収められた矢の矢羽根は宝石をちりばめたかのように光で彩《いろど》られていた。

「あなたからもらった耳飾《みみかざ》り、とても気に入ってるわ。私、青が好きなのよ」

右耳に指先で軽く触れる。ラディガーはシャドーブルーの瞳《ひとみ》に笑みを滲《にじ》ませた。夜空を振《ふ》り仰ぎ、何かを探すように目を凝《こ》らす。頭上で瞬く青い星を指さした。

「お前が欲しいと言うなら、あの星を射落としてやる」

矢筒から矢を抜かずに弓を引いてみせる。ロザレーナは声を上げて笑った。

「あとでね。楽しみにしてるわ」

ラディガーに目配せして、ロザレーナはルコルと共に飛び立った。ヴァイネスの南側から飛び立ったから、ロザレーナは右方へ、ラディガーは左方へ向かう。一つに括った髪をなびかせながらぐんぐん上昇《じょうしょう》する。二人の距離は瞬く間《ま》に遠ざかっていく。リート石の囲いの内側では騎士たちが踊《おど》るように斧槍を振るっていた。囲いの周りには松明《たいまつ》を掲《かか》げた騎士たちがずらりと並んで飛行している。満月が出ていない今夜のような戦闘では、灼々《しゃくしゃく》と燃える松明が斧槍を操《あやつ》る騎士たちの目になる。

ロザレーナは東側上空から彼らを見下ろした。ヴァイネスの心臓があらわになるそのときを、息を殺して待つ。好機が来たらラディガーが呼び笛を吹く手はずだ。ヴァイネスの心臓をどこまで視界にとらえれば確実に仕留められるか、射手であるラディガーのほうが感覚的に理解している。彼の合図があるまでロザレーナは動けない。

松明の光が暗がりで乱舞《らんぶ》する斧槍の刃《は》をぎらりと舐《な》めた。薄闇でひらめくユファンの翼《つばさ》は白く浮《う》かび上がり、純白の毛並みに覆《おお》われた四肢《しし》は炎に照らされながら雄々《おお》しく躍動《やくどう》する。騎士たちが鮮《あざ》やかな手並みで斧槍を振るうたび、影の手がどんどん断ち切られていく。切られた影の手は霧《きり》が消えるように闇《やみ》に溶《と》けこんだ。

斧槍が影の手を粉砕《ふんさい》する鈍《にぶ》い音が絶えず響いているのに、物音が耳に入らない。

(……まだよ……まだ……)

暗がりの向こうに赤い点が見《み》え隠《かく》れしたが、ラディガーは呼び笛を吹かない。

好機は一度きり。それを逃せば次はない。彼の合図だけが頼《たよ》りだ。

しだいに大きくなる自分の鼓動に支配された奇妙《きみょう》な静寂《せいじゃく》の中、はやる気持ちをぎりぎりのところで抑《おさ》えこむ。焦《あせ》ってはだめだ。肝心《かんじん》なときに機敏《きびん》に動けなくなる。

三方から襲い掛《か》かってきた影の手をギルが流れるように薙《な》ぎ払《はら》った直後。甲高《かんだか》い呼び笛の声が夜空をつんざいた。次の瞬間、ロザレーナはルコルの腹を蹴《け》って見えない境界線を飛び越えた。降下しながら斧槍を振り回し、視界を遮《さえぎ》る影の手を叩き切る。

視界の中央に小さな赤い点が映った。ヴァイネスの心臓だ。ラディガーの見立てに間違《まちが》いはない。敵の中心を目指し、ロザレーナはルコルを蛇行《だこう》させて降下した。

心臓へ近づくにつれて襲ってくる影の手が目に見えて減ってくる。ヴァイネスは疲《ひ》弊《へい》しているのだ。騎士たちに影の手を容赦《ようしゃ》なく切られ続け、力を殺《そ》がれている。

赤々と存在を主張する心臓の右方上空にとうとう接近した。ここから見ればヴァイネスの心臓はせいぜい明るい星程度の大きさだ。ユファエンが近づけるのはこの辺りまで。さらにそばへ行こうとすると、近づくなと言わんばかりにユファエンの身体は弾《はじ》き飛ばされてしまう。ロザレーナは斧槍を鞍《くら》に括《くく》りつけ、ルコルの首を叩いた。

「……ルコル！」

呼びかけに応じて、ルコルが右方向へすばやく身体をひねらせる。その反動を利用してロザレーナは鞍から飛び降り、空中へ身を躍《おど》らせた。軍服風のドレスがせわしなく風にはためき、一つにまとめた髪が痛いくらいになぶられる。

以前、森の中でラディガーに助けてもらったときとは違《ちが》い、夜空に背を向ける恰好《かっこう》で落下しているから、ラディガーの姿は見えない。視線の先ではヴァイネスの心臓が恐《おそ》ろしいほどの速度で大きくなり、ますます赤くなっていく。

(——弓を引いた)

見えないのに、ロザレーナにはそれが分かった。迷いなく弓を引き絞《しぼ》るラディガーの姿が脳裏《のうり》に映し出される。彼はまっすぐにロザレーナを見ている。

(鏃《やじり》を私の左肩に合わせて……)

こんなに離れているのに、ラディガーの視線が身体中に突《つ》き刺《さ》さる。彼は寸分の狂《くる》いもなく、正確に狙いを定めている。その動きにためらいはまったくない。

(……!)

ラディガーが矢羽根から手を離す。矢を弾き飛ばした弦《つる》の音が——聞こえるはずもないのに——耳をつんざいた。高速で突き進む鏃は虚空《こくう》を貫《つらぬ》きながら咆哮《ほうこう》を上げる。

もはや、ヴァイネスの心臓は視界の半分を埋《う》め尽《つ》くそうとしていた。近い。あまりにも近すぎる。あと二十数秒でロザレーナはそこへのみこまれてしまう。

目を焼くような毒々しい赤だ。耐《た》え切れずに思わず瞼《まぶた》を閉じようとしたまさにそのとき。何かが風を引き裂《さ》いてロザレーナのすぐそばを行き過ぎた。左肩からは腕一本分しか離れていない虚空を貫いた鏃は、よりいっそう速度を上げて突進《とっしん》する。

たった一本の矢だ。標的となった巨大な紅蓮《ぐれん》の生き物と比べれば、頼りなく脆弱《ぜいじゃく》な一矢《いっし》。しかし、それが真《ま》っ赤《か》に燃えるヴァイネスの心臓に吸いこまれて消えた瞬間、雷鳴《らいめい》を遥《はる》かに超《こ》える轟音《ごうおん》が鳴り響いた。夜空の星を振り落とすようなすさまじい音は、ヴァイネスの最期《さいご》を告げる絶叫《ぜっきょう》だ。ロザレーナは反射的に両耳をふさいだ。

ふいに視界の端をルコルが駆《か》け抜けていった。とたん、血の気が引く。

轟音に気を取られていたせいで、主人をすくいあげるため急降下してきたルコルに飛び乗る機会を逃《のが》してしまった。腰回《こしまわ》りに巻きつけている命綱《いのちづな》を慌《あわ》てて探《さぐ》る。

（……えっ……なんでないの……!?）

腰に巻きつけていた命綱がない。固《かた》く縛《しば》っておいたはずなのに、いったいいつ解《ほど》けたのだろう。全然思い出せない。混乱で頭が弾《はじ》け飛びそうだ。青ざめたロザレーナを追い詰《つ》めるかのように、辺りを震撼《しんかん》させた断末魔《だんまつま》の叫《さけ》びがゆるゆると引いていく。

同時に本体から伸びていたあまたの影の手は見る見るうちに霧散《むさん》した。星明かりの下、視界が清々《すがすが》しく開ける。下方に広がっていた黒い水面は単なる土色の乾《かわ》いた地面へと変貌《へんぼう》していった。変わらないのは、ロザレーナが落下する速度だけだ。

もう一度、ルコルが駆けてくれば——いや、間に合わない。このままでは……！

地面が目前に迫《せま》り、絶望が頭をもたげる。死を覚悟《かくご》してきつく目を閉じた刹那《せつな》。

左方から吹き抜けた突風《とっぷう》にさらわれた。——そう思った。

気づけば、ロザレーナは温かい腕の中にいた。からかうような声音が耳を打つ。

「これで少しは懲《こ》りたか？」

目を開ける。危なげなくロザレーナを抱《だ》き、ラディガーは面白がるように笑っていた。彼のユファエンは疾風《しっぷう》のような勢いを少しずつ和《やわ》らげ、のんびりと夜空を駆けている。ロザレーナは胸を撫《な》で下ろした。間一髪《かんいっぱつ》で助けられたのだ。

「死ぬかと思ったわ。ありがとう」

「妙《みょう》に素直だな。怒鳴《どな》らないのか？」

「怒鳴る？　どうして？　あなたは私を助けてくれたのに」

ロザレーナは小首をかしげた。ラディガーは勝ち誇《ほこ》ったように口元を歪《ゆが》める。

「命綱を解けやすくしておいたのは俺だぞ」

「……はぁ……!?」

「地上でお前を抱きしめたときに細工したんだ。気づかなかったのか？」

予想もしなかったことを言われて、ロザレーナは口をパクパクさせた。

「なっ、な、なんでそんなことしたのよっ!?　私を殺すつもりだったの!?」

「まさか。懲らしめてやりたかっただけだ」

自分を的にしろなんてとんでもないことを言い出した罰《ばつ》だ、とラディガーは言う。

「ヴァイネスの絶叫に驚《おどろ》いたお前がルコルにつかまり損ねることも予想していた。お前は大きな音を怖がるからな。義父上《ちちうえ》もおっしゃっていたぞ。ヴァイネスが仕留められるとき、お前はいつも両耳をふさぐって」

「……ひどいわ!!　最低!!　私、本当に死ぬかと思ったんだから!!」

ロザレーナは声を張り上げてラディガーの胸を叩《たた》いた。思いっきりぶん殴《なぐ》ってやりたいけれど、頭の中がごちゃごちゃしていて、たいして力が入らない。

ラディガーは声を上げて笑い、ロザレーナの拳《こぶし》を優しく握《にぎ》った。

「怖い思いをして懲りたなら、今後は危険なまねをしないことだ」

青い星のように美しい瞳が熱っぽくこちらを見つめている。なんだか負けたみたいで悔《くや》しくて堪《たま》らない。文句の一つも言ってやりたいのに何も出てこない。

もちろん、彼が勝算もなくこんなことをするわけはない。寸前で助けられるという自信があったから、あえてロザレーナを懲らしめたのだ。実力の差をまざまざと見せつけられたようでむかむかする。ロザレーナは眉《まゆ》を吊《つ》り上げ、唇を尖《とが》らせた。

「怒《おこ》った顔も可愛《かわい》いな」

「ふん、そんな白々《しらじら》しいお世辞《せじ》には乗せられないわよ」

「お世辞じゃない。お前が可愛いのは事実だ」

ラディガーはロザレーナの頬《ほお》を撫でて唇を奪《うば》った。甘すぎる口づけで怒《いか》りが溶けていく。ラディガーは本当に卑怯《ひきょう》だ。キスでロザレーナを支配するのだから。激情がすっかりなりを潜《ひそ》めた頃《ころ》、ようやく唇が解放された。ラディガーの瞳に映るロザレーナは夢の中にいるみたいにぼんやりしていた。彼の腕の中が心地《ここち》よすぎるせいだ。

「ありがとう、ロザレーナ」

囁《ささや》くように言い、ラディガーはロザレーナの頬に口づけを落とした。

「お前のおかげでヴァイネスを仕留められた」

温かい言葉が胸にしみる。ロザレーナは急に泣きたくなってふいと顔をそむけた。

「感謝の気持ちは形で示すものよ」

「じゃあ、さっきの約束を果たそうか。あの星を射落として……」

夜空で瞬《またた》く青い星を指さし、ラディガーが唐突《とうとつ》に口をつぐんだ。不審《ふしん》に思ってロザレーナは彼の視線を追いかけた。ついで目を見開く。青い星の彼方《かなた》から白い流星群が飛んでくる。――いや、違う。流星群じゃない。ユファエンの群れだ。

「おーい、ガァーくぅーん!!　未来の我が息子よぉー!!　加勢に来たぞぉー!!」

先頭を駆けてくるクマのような巨漢《きょかん》は父王だ。父王がマーツェル部隊を率いてやってきたらしい。マーツェル部隊はネージュ侯国《こうこく》南部の別の地方でヴァイネスを相手にしていたはずだ。加勢に来たということはそちらが片付いたのだろう。

「……俺と同じ天幕で寝泊《ねと》まりしたことは義父上には話すなよ」

ラディガーが溜息《ためいき》まじりに言う。ロザレーナは掌《てのひら》を上にして彼に差し出した。

「口止め料くらいもらえるんでしょうね?」

「……人参《にんじん》を百箱やるから黙っててくれ。頼む」

ラディガーに頼むと囁かれるのはなかなかいい気分だ。しかし、まだ腹の虫はおさまらない。ロザレーナはにやりと笑《え》み、父王のほうを向いてぶんぶんと手を振《ふ》った。

「ねえねえお父様、聞いて聞いて!!　私たった今ラディガーに殺されかけたの!!」

「おい、バカやめろ……っ!!」

ラディガーは慌てふためいてロザレーナの口を掌で覆うが、時すでに遅《おそ》し。

「その可愛い声は……ロザレーナか!?　なんで私のウサギ姫がそんなところに……いやいやいやちょっと待て!!　殺されかかった!?　ロザレーナがガー君に!?」

うおおおお、と父王は地響《じひび》きのするような雄《お》たけびを上げた。

「どういうことなんだね、ガー君!! 私のロザレーナにいったいぜんたい何をしたんだ!? 説明しなさい!! 説明するんだ!! 説明しろ!! 黙れ、言い訳するな!! ようし、そこを動くなよ!! 今すぐロザレーナの仇《かたき》をとってやる!!」

父王は野太い声で吠《ほ》えた。斧槍をぶん回しながら猛烈《もうれつ》な速さで駆けてくる。横目でラディガーを見ると、彼は苦虫を噛《か》み潰《つぶ》したような顔でロザレーナを睨《にら》んでいた。

「これに懲りたら猛獣姫《もうじゆうひめ》を怒らせないことね」

ロザレーナは自分の口をふさいでいた彼の手をどかして婚約者の頬をつねった。ラディガーは不機嫌丸出しの表情で唇を歪めている。しばらくしてふっと笑った。

「いいだろう、猛獣姫。今夜のところは勝利を譲《ゆず》ってやる。だが、婚礼《こんれい》の夜はお前が負けを認める羽目《はめ》になるからな。それを決して忘れるな」

「は？ なんで婚礼の夜に私が負けなくちゃ……」

当たり前のように唇をふさがれて続きが言えなくなる。交わったぬくもりが鼓動《こどう》を高鳴らせた。抱き寄せられるまま、ラディガーに身体《からだ》を預ける。

(……もしかして、私……ラディガーのこと、好き、なのかしら……?)

この問いにぶつかるのは何度目だろう。思考はふわふわしている。繰《く》り返される口づけの熱のせいで何が何だか分からなくなって、考えることを諦《あきら》めた。

第7章　花嫁は食べられる運命

「皇太子殿下《でんか》！　皇太子妃殿下《こうたいしひでんか》！」

侍従長《じじゅうちょう》が告げると、大広間のドアが開かれた。視界に飛び込んできたシャンデリアの光にくらくらしながら、ロザレーナはラディガーに寄り添って一歩を踏《ふ》み出す。

大聖堂での神聖な結婚式が済んだ後は、宮殿《きゅうでん》の大広間できらびやかな舞踏会《ぶとうかい》が催《もよお》されることになっている。ロザレーナは絢爛豪華《けんらんごうか》な花嫁衣装とは違った趣《おもむき》の華麗《かれい》なサテンのドレスを身にまとっていた。結《ゆ》い髪《がみ》できらめくのは皇太子妃のティアラだ。祭壇《さいだん》の前でラディガーがつけてくれたから、今日は両耳でサファイアが揺《ゆ》れている。

隣を歩くラディガーは精緻《せいち》な刺繍《ししゅう》で彩《いろど》られた宮廷服《きゅうていふく》を着て、皇太子の位《くらい》を示す銀色のサッシュと鷲《わし》のメダリオンをつけていた。眩暈《めまい》がするほど凛々《りり》しいから、こうやって寄り添って歩くのが自分でいいのかと不安になるほどだ。大広間の左右に並ぶ盛装した紳士淑女《しんししゅくじょ》になんとなく気おくれしてしまい、うつむき加減になる。

「お前が一番綺麗《きれい》だ」

ラディガーが耳打ちした。とたん、ロザレーナの頬に赤みがさす。

（……一番なわけないわよ。私より綺麗な人ばっかりじゃない）

大広間にはシュザリア帝国《ていこく》内外の王侯《おうこう》貴族が集《つど》っているのだ。むろん、これでもかというほど艶《あで》やかに着飾った美女たちも大勢いる。その中に見慣れた黒髪の美人を見つけて、ロザレーナは彼女に駆け寄りたい衝動《しょうどう》に駆られた。けれど、まだだめだ。皇太子と皇太子妃は玉座に腰かけた皇帝《こうてい》アルフォンス五世に挨拶《あいさつ》しなければならない。

ロザレーナはラディガーに従い、玉座の下まで淑《しと》やかに歩いた。

「今日はずいぶんご機嫌だな、我が孫よ」

アルフォンス五世は玉座で楽しげに笑った。ラディガーは恭《うやうや》しく腰を折る。

「当然です、皇帝陛下《へいか》。花のように可憐《かれん》な妃《きさき》が隣にいるのですから」

ラディガーがちらりとこちらを見る。彼の微笑《ほほえ》みに頬が熱くなった。

「若い頃を思い出すよ。私も皇后《こうごう》を迎《むか》えたときには、嬉《うれ》しくて踊《おど》りだしそうだった」

世界の半分を手中に収める偉大《いだい》な帝王《ていおう》は空っぽの皇后の椅子《いす》を寂《さび》しげに見やった。彼の寵愛《ちょうあい》を一身に受けた皇后は二十年ほど前に崩御《ほうぎょ》している。以来、多くの貴婦人たちが皇帝の気をひこうと躍起《やっき》になったが、皇后の椅子は空席のままだ。

「しんみりしてはいけないな。今宵《こよい》は祝いの宴《うたげ》だ」

アルフォンス五世はからりと笑い、玉座から立ち上がって手を打ち鳴らした。

「音楽だ！　我が孫と彼の麗《うるわ》しい妃に舞曲《ぶきょく》の花束を贈《おく》ろう！」

ラディガーと立て続けに四度も踊って、ロザレーナはちょっぴり疲れた。彼とダンスするのは好きなのだけれど、今朝は夜明け前から叩き起こされて支度《したく》をしたからそろそろ疲労《ひろう》が溜《た》まる頃なのだ。ラディガーがギルに連れられて騎士《きし》たちのところへ行ってしまったので、ロザレーナは入場のとき見つけた黒髪の美人を探した。

「――叔母《おば》様！」

窓辺で気まずそうに小さくなっていたオクタヴィアに笑顔で駆《か》け寄った。今夜のオクタヴィアは修道服ではなく、ロザレーナが贈った菫《すみれ》色のドレスを着ている。

「ロザレーナ……大聖堂で目に焼きつけたわ。あなたの花嫁姿、とても綺麗だった」

オクタヴィアがロザレーナの手を握って瞳《ひとみ》を潤《うる》ませた。オクタヴィアにもラディガーとの結婚式を見てほしかったから彼女を誘《さそ》った。これまでさまざまなことがあったけれど、彼女がロザレーナにとって大切な家族であることは変わりない。

「今日はありがとう。来てくれて本当に嬉しいわ」

「あなたの花嫁姿を一目見たくて……。宮廷は久しぶりだから緊張《きんちょう》するわ。無作法《ぶさほう》なことをしていないといいいんだけど」

周囲の目を気にしてか、オクタヴィアの微笑みはどこかぎこちない。

「何にも気にすることなんかないわよ。今夜の叔母様はとっても素敵《すてき》だもの。修道服だって似合うけれど、ときどきはこんなふうにドレスを着てくれたらいいなって思うわ。私、華《はな》やかなドレスを着てる叔母様も好きだから」

宮廷にはいまだに彼女を悪く言う心無い人もいるが、ごく一部だ。宮廷人たちは移り気で、彼らの関心は日替《ひが》わりで変化していく。オクタヴィアとハインツの関係が取りざたされたのは三年も前のこと。宮廷人たちにとっては大昔の話題だ。

「ねえねえ、王女様」

ドレスの裾《すそ》を引っ張られ、ロザレーナは視線を落とした。周りに集まってきていたのは孤児院《こじいん》の少女たちだ。皆、ロザレーナが贈ったレモン色のドレスを着て髪にリボンを結んでいる。一番小さな赤毛の少女が手に持っていた造花の花冠《はなかんむり》を差し出した。

「王女様のために皆で作ったの」

ロザレーナはしゃがみこんだ。花冠を受け取り、少女たちに笑顔を向ける。

「可愛らしい贈り物をありがとう。大事にするわね」

花冠を頭にのせ、「似合う？」と尋《たず》ねると、少女たちは「可愛い」と笑った。

「ねえ、王女様。あれってルコルよね？」

赤毛の少女が窓の外を指さす。薔薇《ばら》の咲《さ》く中庭にルコルがでんと座っていた。金色の瞳は心なしかウルウルしている。厩舎《きゅうしゃ》にいるはずだが、抜《ぬ》け出してきたのだろうか。

「ルコルったら、私を見にきてくれたのね」

ロザレーナがくすりと笑みをこぼすと、赤毛の少女がドレスの裾を引っ張った。

「ちょっとだけお庭に出ていい？　ルコルに触《さわ》りたいの」

「私も触りたい！　私ね、ルコルのためにリボンをいっぱい作ってきたのよ！」

「リボンならあたしも作ってきたわ！　尻尾《しっぽ》につけてあげるの！」

少女たちがロザレーナの周りを飛び跳《は》ねる。窓をよく見ると、ガラスの表面に手形と額の痕《あと》がべったりついていた。どうやら窓にへばりついてルコルを見ていたらしい。

「だめよ、皆。淑女《しゅくじょ》らしくふるまうって約束したから連れてきたのよ。偉《えら》い人たちがたくさんいるんだから、ちゃんとお行儀《ぎょうぎ》良くして」

オクタヴィアにやんわりとたしなめられ、リボンを見せびらかしていた少女たちはしゅんとなった。ロザレーナは声を上げて笑い、中庭へ続く窓を開けた。

「ルコルも紳士《しんし》の一人よ。淑女ならご挨拶しなくちゃ」

少女たちは目を輝《かがや》かせ、中庭へ出ていく。あっという間にルコルを取り囲んだ。

「へえ、ルコルも隅《すみ》におけませんね。小さな美女たちに囲まれて羨《うらや》ましい限りだ」

珍《めずら》しく女連れでないギルが艶《なま》めかしい微笑《びしょう》で話しかけてきた。彼の視線の先では少女たちがルコルの鬣《たてがみ》や尻尾などに色とりどりのリボンを結んではしゃいでいる。ルコルは迷惑《めいわく》そうに顔をしかめているが、怒《おこ》りもせずにされるままになっていた。

「まあ、ギル。ラディガーと一緒《いっしょ》じゃなかったの？」

「殿下ならあちらに。グィード王に激励《げきれい》を受けていらっしゃいますよ」

ギルが煌々《こうこう》と輝く大燭台《だいしょくだい》の向こうを指さした。酔《よ》っぱらって顔を火照《ほて》らせた父王が滝《たき》のような涙《なみだ》を流しながら、ラディガーに暑苦しく何かを語っている。

「そんなことより妃殿下。こちらの女神《めがみ》のようなご婦人が妃殿下の叔母上で？」

「ええ、そうよ。叔母様とは初対面かしら？」

「お会いしていたら絶対に忘れませんよ。一目で恋の虜《とりこ》だ」

ギルはオクタヴィアの手に口づけした。キャラメル色の瞳で甘《あま》ったるく微笑む。

「初めまして、美しい方。私は皇太子殿下に馬車馬のごとくこき使われている憐《あわ》れな下僕です。どうぞギルとお呼びください」

「馬車馬のごとく？　よくもまあそんな嘘八百《うそはっぴゃく》が言えたものね。あなた、ラディガーの部屋に女性を連れこんで執務《しつむ》中にそーゆーことばっかりしてるってラディガーが」

「あっ、そろそろマズルカが始まるな。一曲お相手願えませんか？　女神のようなあなたとダンスできたら、明日からの辛《つら》く苦しい下僕生活にも耐《た》えられます」

ギルはオクタヴィアの手を引いて宮廷人たちの輪に加わる。助けを求めるような叔母の視線にロザレーナは笑顔を返した。神に仕える身の上である彼女も今日くらいは昔のように宮廷生活を楽しんでもいいだろう。今宵は、喜ばしい夜なのだから。


舞踏会は明け方まで続くが、時計が真夜中を知らせると花嫁は大広間を辞して寝室に入る。もちろん、花婿《はなむこ》を迎えるためだ。ロザレーナは豪奢《ごうしゃ》なドレスを脱《ぬ》いでネグリジェに着替え、初夜の支度を整えた。宝飾品《ほうしょくひん》は外したが、両耳で揺れるサファイアの耳飾《みみかざ》りはつけたままにしてある。花嫁の耳飾りを外すのは花婿の役目なのだ。

「落ち着いて。食べられるわけじゃないのよ。ラディガーは約束を守るわ」

ロザレーナが鏡の前で深呼吸していると、女官長が花婿の到着を告げた。最初に入室したのはアルフォンス五世だ。大司教ら高位の聖職者、宮廷の重臣たちが続く。ついで夜着姿のラディガーが側近たちを従えて入室する。王侯貴族の初夜は神聖な儀式《ぎしき》なので、新しい夫婦はベッドに腰かけて貴人たちの祝福を受けねばならない。

お定まりの口上《こうじょう》を述べた後、アルフォンス五世は悪戯《いたずら》っぽい笑みを二人に向けた。

「――よい夜を」

老齢《ろうれい》の皇帝はダンスでもするようにひらりと踵《きびす》を返した。聖職者と重臣たちがそれに倣《なら》い、皇太子の側近たちも次々に出ていく。女官たちが退室すると寝室はたちまち静かになった。部屋中に灯《とも》された燭台の炎がベッドの支柱を艶《つや》っぽく輝かせている。

ラディガーが黙っているから、ロザレーナは膝《ひざ》の上で両手をもぞもぞさせた。何を話せばいいだろう。頬《ほお》は火を噴《ふ》きそうなほど火照っていて心臓の音はうるさい。

「……ロザレーナ」

唐突《とうとつ》に名を呼ばれてびくっとした。顔を上げると、ラディガーがこちらを見ていた。

「すまない。お前にした約束を守れそうにない」

「えっ……それって……ま、まさか……」

「お前を食べたいんだ」

ラディガーはロザレーナの手を摑《つか》んで指先に口づけした。唇がふれた箇所《かしょ》が熱すぎて、ロザレーナは困惑《こんわく》した。なんとなく気おくれしてじりじりと後ずさる。

「だっ、だめっ！　たっ、食べないで……！」

ふるふると首を横に振《ふ》った。ラディガーはじわりじわりと距離を詰《つ》める。ものの数秒でロザレーナの背中はベッドの支柱にぶつかってしまった。

「私なんか食べてもおいしくないわよっ！」

「いや、絶対にうまい。間違《まちが》いなく病《や》みつきになる」

「……なんでそう思うの？」

　後ずされなくなり、ロザレーナは懸命《けんめい》に隙《すき》をうかがった。ラディガーは覆《おお》いかぶさるようにして迫《せま》ってくる。瞳を焼くような視線がロザレーナの動きを封《ふう》じた。頬を撫《な》でられ、唇をかすめ取られても、おとなしくされるままになっているしかない。

「唇がこんなに甘いんだ。他のところもうまいに決まってる」

　見つめられて低い声で囁《ささや》かれると、うっとりしてしまう。味わうように何度も口づけされ、肩の力が抜けていく。ロザレーナははっとしてラディガーを突《つ》っぱねた。

「よっ、酔ってるのよ。私が人参《にんじん》に見えてるんだわ。正気に戻《もど》って。私は人参じゃ……」

　ラディガーの手が右耳に伸びてきたので続きをのみこんだ。ラディガーはゆっくりとサファイアの耳飾りを外した。固《かた》い指先が耳朶《みみたぶ》に触《ふ》れ、ぴくりと震《ふる》える。

「人参になんか見えてない」

「……だったら、何に見えてるの？」

　悔《くや》しいくらい弱々しい声で尋ねる。唇をついばまれ、とくんと胸が高鳴った。

「ウサギ姫だ。小さくて可愛《かわい》いウサギの姫君が俺の目の前にいる」

囁きながら、ラディガーは左耳の耳飾りを外した。耳朶が軽くなって、妙《みょう》に心もとなくなる。彼が一揃《ひとそろ》いの耳飾りをテーブルの上に置いたとき、ロザレーナはぱっとベッドからおりた。寝室から脱出《だっしゅつ》しようと試みたが、ベッドから数歩も離れないところでラディガーに捕《とら》えられた。逞《たくま》しい腕で力強く抱《だ》きすくめられておろおろする。

「どこへ行くんだ？」

「ええと……か、風に当たってくるわ。酔ってるみたいなの」

「外は冷えるぞ。ここにいたほうがいい」

腰に巻きついた腕が二人の距離を縮める。ロザレーナは顔を赤らめて慌《あわ》てた。

「いっ、いやよっ。だって、ここにいたらあなたに食べられちゃうわ……！」

「諦《あきら》めろ、ロザレーナ」

ラディガーは耳元で笑った。後ろから頬に口づけして、ロザレーナを軽々と抱き上げる。彼の腕の中にすっぽりおさまり、自分がウサギになってしまったような感覚に陥《おちい》った。逃げなければと思うのに、もう手遅《ておく》れだと諦めが頭をもたげる。

「前にも言ったはずだぞ。花嫁は花婿に食べられる定めなんだ」

「……考え直して、ラディガー。私を今夜食べちゃったら、明日から私とこんなふうにおしゃべりできなくなるのよ？　一緒にユファエンで散歩することもできなくなるし、ダンスだってできなくなるわ。そ、それに……キス、も……」

ベッドの上にそっとおろされ、ロザレーナはますますうろたえた。まるで鏃《やじり》を向けられた獲物《えもの》のようだ。逃げる素振《そぶ》りを見せたとたん、矢に射貫《いぬ》かれてしまうだろう。

「お前は勘違《かんちが》いしてるんだ」

ラディガーはウサギを可愛がるようにロザレーナの髪を撫でた。名画の主人公を思わせる端整《たんせい》な容貌《ようぼう》は大燭台が放つ艶《あで》やかな光に濡《ぬ》れ、蠱惑《こわく》的な陰影《いんえい》で彩《いろど》られている。

「俺がお前を食べてもお前は死なないんだぞ」

ロザレーナは目を見開いた。ラディガーは何もつけていない右耳に触れる。

「人参を食べるみたいにお前を食べるわけじゃない。別の方法で食べるんだ」

弓を持ち慣れた指が耳朶を撫でて首筋を這《は》う。その感触《かんしょく》に胸の奥がざわめく。

「……別の方法って？」

柔肌《やわはだ》をなぞる指先が気になって思考がうまく働かない。ラディガーは物欲しげにロザレーナを見つめている。追《お》い詰めるような眼差《まなざ》しが鼓動《こどう》をかき乱した。

「今に分かる」

曖昧《あいまい》な答えに不満を述べようとしたけれど、口づけで言葉を封じられた。重なった唇が吐息《といき》を乱れさせる。身体《からだ》を抱く腕が危なげなくロザレーナをシーツに横たえた。

ラディガーが熱っぽい視界を支配している。他のものは何もいらないと言いたげに見下ろされるのは恥《は》ずかしいけれど、いやな感じはしない。

視線を交わらせたまま、ラディーナはためらいがちに腕を上げた。

はしたないことを承知の上で、ラディガーの髪や頬に触れてみる。彼に触れられると、ロザレーナはどうしていいか分からなくなるくらいドキドキしてしまうのだが、ラディガーもそうだろうか。彼がうろたえるのを期待したけれど、シャドーブルーの瞳《ひとみ》には動揺《どうよう》など映らない。むしろ、物欲しげな色が強くなった気がした。

「……本当に、死なないのね……？」

ラディガーはロザレーナを安心させるようにうなずいた。彼の瞳に映りこんでいる自分は微睡《まどろ》んでいるかのようにぼうっとしている。睡魔《すいま》に襲《おそ》われているわけではないのに、頭の中がふんわりと靄《もや》に包まれているから難しいことは考えられない。

無言で見つめ合いながら、ロザレーナはラディガーの首筋や肩に触れた。自分のそれとは全然違《ちが》う感触を確かめる。彼の身体は燭台の明かりを遮《さえぎ》るほど大きい。逃《に》げ出すのは不可能だ。それにもう——逃げたいという気持ちは消えてなくなっていた。

「じゃあ……いいわよ」

とくとくと胸が鳴っている。わずかな不安は眼差しの熱で溶《と》かされてしまう。

「……私を、食べても……いいわ……」

騒々《そうぞう》しい鼓動に感情をかき混ぜられる。たった今、口にした言葉を撤回《てっかい》したほうがいいかもしれないと思い始める。けれど、ロザレーナが前言を覆《くつがえ》す前にラディガーが覆いかぶさってきた。口をふさがれればロザレーナの負けだ。繰《く》り返し与えられるぬくもりがいろんなものをあやふやにして、どこからか力が逃げていく。

「その前に言ってほしい。俺を好きだって」

耳朶に口づけされ、ロザレーナはぴくんと震えた。こんな場所に唇を押し当てられるのは初めてだ。激しい眩暈《めまい》に襲われ、声の出し方さえ忘れてしまいそうになる。

「……言わなきゃだめなの？」

「言わないなら乱暴に食べるぞ」

「乱暴にって……どういう……」

食《は》むように耳朶を唇に挟《はさ》まれると甘い溜息《ためいき》がもれた。熱い唇は耳朶から首筋へと滑《すべ》る。口づけが一つ二つと落ちるたびに、ゆるゆると止《とど》めを刺《さ》されている気分になる。

「優しく食べてほしいだろう？」

挑発《ちょうはつ》するような低い声音《こわね》が鎖骨《さこつ》を愛撫《あいぶ》した。ロザレーナは真《ま》っ赤《か》になってぎゅっと目を閉じた。乱暴に食べられることと、優しく食べられることが具体的にどう違うのか知らないけれど、『乱暴』よりは『優しい』のほうがよさそうだ。

「……分かったわ。言えばいいんでしょ……。でも、一回だけだからね」

聞き逃《のが》さないで、と念押《ねんお》しして、ロザレーナは目を閉じたままつぶやいた。

「あなたのこと……好きよ、ラディガー」

消え入りそうな声だ。もともと赤らんでいた頰がいっそう赤みを帯びた。大きな掌《てのひら》がネグリジェ越《ご》しに身体の線をなぞっている。それはコルセットで締《し》めつけられていない腰を滑り、太腿《ふともも》の形をやんわりと辿《たど》っていく。壊《こわ》さないように注意しているかのような緩慢《かんまん》な動きなのに、直《じか》に触れられたみたいに柔肌はかっと燃え上がった。

「何だって？　聞こえなかったな。もう一度言ってくれ」

鎖骨よりも下の部分に音を立てて口づけして、ラディガーは空とぼけてみせた。

「と、とぼけないでよ！　ちゃんと言ったじゃない……！」

「聞こえなかったんだ。仕方ないだろ」

「だから聞き逃さないでって……」

ネグリジェのリボンがするすると解《ほど》かれ、ロザレーナは恥ずかしくて堪《たま》らなくなった。夫婦が結ばれるために必要なことだと分かっていても羞恥心《しゅうちしん》は抑《おさ》えられない。

「言いたくなければ言わなくていいぞ。その代わり乱暴に食べるからな」

ラディガーはロザレーナの頭の横に手をついた。ロザレーナが恥ずかしがっているのを楽しんでいる目つきだ。腹が立つけれど、いつもの憎《にく》まれ口《ぐち》が出てこない。

「……好き」

ロザレーナは唇を尖《とが》らせて彼の言う通りにした。ラディガーは眉《まゆ》を跳《は》ね上げる。

「誰を？」

「……あなたを」

「誰が？」

「もう、そんなこといちいち言わなくても分かるでしょ！」

ふいと顔をそむける。ラディガーが頰《ほお》にキスしても口を捻《ね》じ曲げて黙っていた。

「怒《おこ》ったって無駄《むだ》だぞ。お前はすねた顔も可愛いからな。俺を喜ばせるだけだ」

笑みまじりの低音が首筋をくすぐった。ロザレーナは口元に力を入れて反応しないように頑張《がんば》るが、吐息と唇で柔肌を愛撫されると小さく溜息をこぼしてしまう。

「甘いな……」

「……甘い……？」

横を向いたまま尋《たず》ねる。ラディガーはロザレーナの髪をかき上げて蟀谷《こめかみ》にキスした。

「お前の肌はとても甘い……」

「……人参《にんじん》よりも？」

ラディガーが肯定《こうてい》するので、ロザレーナは自分の指先を少し舐《な》めてみた。

「別に甘くないわよ？」

顔をラディガーのほうに向ける。ラディガーは目元で笑い、シェルピンクの巻き毛を大事そうに撫《な》でながらロザレーナの唇をついばんだ。

「お前には分からないだろうな」

分からないという単語が癪《しゃく》に障《さわ》ってとっさに言い返そうとしたが、例によってキスでうやむやにされた。二人のぬくもりが一つになるたびに心音が速くなっていく。

「ロザレーナ……俺のウサギ姫」

ラディガーはくるおしげに囁《ささや》いた。かすれた声音が心を鷲掴《わしづか》みにする。

「お前が好きだ……愛《いと》しいんだ、ロザレーナ。お前が欲しくて堪らない」

「……ラディガー、私も——」

好き、とつぶやく前に唇が重なった。呼吸をする間もなく降ってくる口づけが毒のように喉《のど》を麻痺《まひ》させて話せなくなる。ロザレーナはラディガーの身体に両手でしがみついた。どこかに落ちていくみたいで怖《こわ》くなったからだ。衣服を通して伝わる体温がほのかな恐怖を和《やわ》らげていく。大丈夫《だいじょうぶ》だ。ラディガーのそばにいれば安全だから。

翌朝にはその考えを改める羽目になるとはまだ知らない。少しずつ食べられていく心地《ここち》よい感覚に酔《よ》いしれ、ロザレーナは花婿《はなむこ》の腕の中でウサギになった。

あとがき

こんにちは。葵木《あおき》あんねです。

今回のテーマは「かっこいい王子」だったはずなのですが……どういうわけかこうなりました。プロットの時点ではそこまで怪《あや》しい気配《けはい》はしてなかったんですけどね。反対にヒロインはプロット以上に元気な子になったと思います。いろいろと暑苦しいお父さんも合わせて、書いていて楽しかったです。

担当様には多大なるご迷惑《めいわく》をおかけして本当にすみません……。丁寧《ていねい》なアドバイスのおかげで作品を完成させることができました。ありがとうございました。

イラストを描《か》いてくださった椎名咲月《しいなさつき》様。とても素敵《すてき》なラフにテンション上がりました！　ロザレーナのドレスがすごく可愛《かわい》い！　ラディガーもかっこよく描いていただき、ありがとうございました。

読者の皆様にも心からの感謝を。どうか楽しんでいただけますように。

葵木あんね

♡本書のご感想をお寄せください♡

〒101－8001　東京都千代田区一ツ橋二－三－一
小学館ルルル文庫編集部　気付
葵木あんね先生
椎名咲月先生

小学館ルルル文庫

猛獣姫の不機嫌な花婿

2013年 12月 1日 初版第1刷発行

著者 葵木あんね

発行人 丸澤 滋

責任編集 大枝倫子

編集 坂口友美

発行所 株式会社小学館
〒101-8001 東京都千代田区一ツ橋2-3-1
編集 03(3230)5455 販売 03(5281)3556

印刷所
製本所 凸版印刷株式会社

ISBN978-4-09-452269-3